KB071279

무 슨 재 미 로 산 에 사 는 가

은퇴 후 전원에 산다

문학공감

무 슨 재 미 로 산 에 사 는 가

은퇴 후 전원에 산다

최덕규 지음

"퇴직 후 무엇을 하며 살 것인가?" 이것은 내 문제이기도 하지만 세상 사람들의 문제이기도 하다. 직장인의 퇴직이 빨라지고 100세 시대를 바라보게 되면서 은퇴 후 긴 세월을 어떻게 살 것인가 하는 것은 많은 사람들의 공통된 관심사가 되고 있다.

나는 30여 년간 교수생활을 하고 퇴직했지만 100세 너머까지 산다고 가정하니 교수로서 평생 보낸 시간보다 더 많은 세월이 내 앞에 기다리고 있는 셈이다.

나는 50대 중반이 되면서부터 퇴직하면 어디서 무엇을 하며 살 것인가를 고민하기 시작했다. 퇴직 후를 염두에 둔 것은 진짜 내 인생을 살고자 함이었다. 우리 세대는 보릿고개를 체험했었고 고도산업사회에 동참해서 열심히 달려왔기에 자신의 삶은 포기하고 살아왔다. 그러므로 퇴직은 진짜 내 인생을 살 수 있는 계기가 되었다.

퇴직 후 전원으로 들어와 살겠다는 뜻을 세웠다. 인생 후반부에는 산세 좋은 곳에 집을 짓고 원하던 경서(經書)를 읽고 채소와 과일나무를 재배하고 봄부터 가을까지 꽃이 피는 그런 산방을 가꾸는 삶을 소망했다.

인생 전반기는 경영학 교수로서 최선을 다해 살았지만 후반기는 전원에서 농사일을 하면서 유가(儒家), 불가(佛家), 선가(仙家)의 가르침을 영혼을 위한 자양분으로 삼고 어디에도 묶이지 않고 자유롭게 편안한 삶을 살고자 했다.

이런 꿈을 이루기 위해서 산세 좋은 곳을 찾아 몇 년을 헤맨 끝에 바라던 터전이 나타났다. 뒤로는 밀양 종남산 자락이 병풍처럼 둘러서 있고 좌우로 청룡 백호가 집터를 포근히 감싸 안고 있다.

앞마당에는 수령 300년이 넘는 회화나무가 늠름하게 서 있고 꼭대기에는 까치가 매년 집을 짓고 새끼를 친다. 뒷산에는 소나무, 참나무로 숲이 울창하고 산짐승들이 살고 있다.

이 터전은 하늘이 주신 것이라 여기고 소박한 집을 지어 적조당(寂照堂)이란 당호(堂號)를 달았다. 이렇게 산중에 농사를 짓고 논어와 금강경 등 경서를 읽고 선가(仙家)의 수련을 하면서 살고 있다. 이런 삶 속에서 자연과의 합일을 맛보고 만물은 하나라는 일체동근(一切同根) 사상을 체득하게 되었다.

주변에서 지인들이 이런 질문을 하곤 한다.
"산에 사는 것이 외롭지 않느냐?"
"무섭지 않느냐?"
"농사일이 힘들지 않느냐?"

이를 한마디로 요약하면 이렇다.

"무슨 재미로 산에 사느냐?"

세상 사람들에게 인생 후반부에는 전원에서 살자고 권하고 싶다. 전원에서 얻는 것은 농사를 짓는 수고로움보다 훨씬 크다. 전원생활은 창조하는 삶이다. 씨앗을 뿌린 후 새싹이 나올 때 생명 창조의 기쁨을 만끽할 수 있다.

내 손으로 재배한 상추로 쌈을 해 먹고 고추를 따서 된장에 찍어 먹을 때, 그 즐거움은 체험한 사람만 알 것이다. 과일나무를 심고 3~5년을 가꾸면 매실, 사과, 감, 복숭아, 자두 등을 수확한다. 이는 무(無)에서 유(有)를 창조하는 것이며 자연과 더불어 사는 삶이기도 하다.

특히 요즘과 같은 코로나 시대에는 이곳 생활이 매우 자유롭다. 주변의 눈치를 보거나 구속되지 않고 유유자적(悠悠自適)하게 살 수 있다. 책을 읽다가 지치면 농장을 한 바퀴 돌아보고 들판으로 나가 벼가 익어가는 들길을 하염없이 걷기도 하고 개를 데리고 뒷산에 올라 먼 소읍의 모습을 바라보기도 한다.

자연은 사람의 심성을 편안하게 해주는 신비한 그 무엇이 있다. 마당을 소요하노라면 자연히 마음이 순화되고 지극히 고요한 경지(寂靜)에 이르게 된다. 특별한 방법을 쓰지 않아도 저절로 명상이 된다. 도시에서는 심각하게 생각되던 일도 이곳에서는 하잘것없는 것으로 여겨지니 심신이 편안해진다. 나는 종종 이런 말을 한다.

"하느님은 숲속에서 만날 수 있다!"고.

　예부터 현명한 사람들은 적당한 시기에 현직에서 물러난 후, 풍광 좋은 곳에서 도(道)를 즐기며 사는 것을 미덕으로 여겼다. 세속에 머물면서 최선을 다해 살다가 어느 정도 수준에 이르면 현직에서 물러나서 영혼을 구원하는 삶을 사는 것은 우리가 추구해야 할 이상적인 삶이다.

　인생 후반기에 산속에서 농사일을 하고 경서를 읽으면서 살다보니 퇴직 후 삶이 지루한 줄 모르겠다. 그리고 자연과 동화된 경지에 이르게 되고 만물은 하나의 뿌리에서 나왔다는 일체동근(一切同根) 사상에 젖어들게 된다.

　언제일지 모르지만 '어디서 무엇을 하더라도 하늘의 법도에 벗어나지 않는, 종심소욕불유구(從心所欲不踰矩)'의 경지를 체득할 수 있을 것 같다.

　은퇴 후 산중에서 살면서 얻은 희열을 세상 사람들과 공유하고 싶고, 퇴직한 후 인생 후반부를 살고 있는 분들, 혹은 은퇴 후의 삶을 준비하는 분들에게 나의 체험담이 작은 도움이 되기 바란다.

　전원에서 인생 후반부를 살 수 있도록 도와준 집사람(室人)과 가족들 그리고 산천의 만물들에게도 고마움을 전한다.

목 차 ◇◇

004   프롤로그

제
1
장
:
시리골 산방

014   산은 산이요 물은 물이로다
019   빈 둥지를 보고 싶다
022   상추에게 배운 인생의 길
027   들개, 그들의 잘못이 아니다
030   나의 무위자연
033   배롱나무 아래서
037   모과는 초연히 떠나라 한다
038   적정(寂靜)의 경지
043   나의 피난처
048   미물(微物)이라는 중생
053   당신은 행복하십니까
058   농사일은 노동이 아니고 수행이다

제
2
장
⋮

인연

달이가 내 곁에 다가왔다　　　　　　066

개구리가 신방을 차리다　　　　　　070

개구리가 무사하다　　　　　　074

고라니 새끼를 가슴에 안고　　　　　　078

미안하다, 대추나무야　　　　　　082

꿀벌이 들어왔다　　　　　　085

생물은 사람 가까이 살고 싶어 한다　　　　　　088

느림의 행복　　　　　　091

말벌과 맺은 약속　　　　　　095

벌통의 사바세계　　　　　　098

유기견 나도야가 그립다　　　　　　103

생의 마지막 촛불　　　　　　108

제
3
장
: :

산방의 사계

114 산책길에서 사유

119 매화는 엄동설한에 꽃망울을 만든다

122 희로애락에 빠지지 말라

127 4월 산방의 저녁

131 가슴으로 봄비 소리를 듣다

135 모깃불 너머로 고향을 추억한다

139 여름도 내 인생이다

144 멧돼지야, 미안하다

147 회화나무에서 소쩍새가 노래한다

150 소쩍새는 그래서 울었나 보다

153 겨울상추는 죽지 않는다

157 새는 숲속에서 편안히 머문다

160 겨울나무의 교훈

165 엄동설한 한밤중에

169 야생 홍시를 거두어 주다

172 나는 늙은 농부보다 못하느니라

제
4
장
⋮

무슨 재미로 산에 사는가

무슨 재미로 산에 사는가　178

고향 가는 길　184

어느 묘목상의 모습　188

늦은 밤에 야좌(夜坐)를 읽다　191

도끼가 잘 든다고 함부로 쓰지 말라　194

언제일지 모르지만　198

젊은 날의 결정　202

천지의 돌아감에 맡겨두노라　210

풍월에는 따로 주인이 없더라　217

하늘이 무슨 말을 하시더냐　223

제1장 : : :

시리골 산방

산은 산이요 물은 물이로다

　젊은 시절 정년퇴직 후 경치 좋은 곳에 아담한 집을 짓고 개를 키우면서 과일나무와 채소를 가꾸는 소망을 갖고 있었다. 어린 시절 시골에 살던 농촌 생활의 향기가 가슴에 남아 있었기 때문이다. 50대 중반을 넘어서면서 전원생활의 꿈을 실행에 옮기기로 했다. 우선 집터를 물색하는데 몇 년을 보냈다. 입지의 우선 조건은 산과 접해 있어서 뒷산에 쉽게 접근할 수 있어야 했다.

　다행히 양반의 고장 밀양에 원하던 장소가 나타났다. 뒤쪽으로 종남산이 병풍처럼 둘러서 있고 동쪽에는 뒷산 청룡(靑龍)이 휘감아 동남쪽을 가리고 서쪽은 백호(白虎)가 편안하게 앉아서 마을을 지켜주고 있었다. 이 동네 이름은 시리골이라 하고 4~5가호가 살고 있었다. 하늘의 도움으로 그 꿈이 이루어져서 60세(耳順)에 이르자 이곳에 작은 집을 짓고 농사를 지으면서 살기 시작했다.

산방 뒷산에는 소나무와 참나무가 울창하고 앞마당에는 수령이 300년이 넘는 회화나무가 사방으로 가지를 펼치고 우람하게 서 있다. 이 나무가 있는 곳에는 잡신이 범접치 못하고 정승판서가 나온다고 한다. 정승판서를 기대함은 아니지만 이 나무에 반해서 이 터전을 구입했다. 매년 봄이면 회화나무에 까치가 집을 짓고 새끼를 기른다. 여름에는 회화꽃이 한 달 넘게 피고 진다. 특히 꽃이 피고 지는 모습은 꼭 눈이 내리는 풍경 같다. 이 풍광은 가히 신선(神仙)이라도 탐낼 만한 절경이다.

이렇게 농장을 마련하고 그런대로 아담한 목조주택을 지어 적조당(寂照堂)이란 당호(堂號)를 달았다. 적조(寂照)란 '고요히 내 마음을 비추어본다'는 뜻이다. 불가(佛家)에서는 이를 '회광반조(廻光返照)'라고도 한다.

농장에는 매실나무와 감나무를 줄지어 심었으며 앞마당에는 작은 정원을 만들고 목련, 매화나무, 모과나무, 라일락 등을 심었다. 땅파기에서 나온 큰 바윗돌을 정원 가운데 옮겨두니 거북이가 방문객들을 환영하는 형상 같다. 적조당 옆에 채소밭을 만들고 오이, 양배추, 토마토, 가지, 고추 등을 심었다. 우리 가족들이 먹을 만큼의 채소는 여기서 얻고 있다.

아침에 일어나 명상수련을 하고 농장을 한 바퀴 돌아본다. 나무와 채소에게 밤사이에 별일 없었는지 살펴보는 것이 일과의 시작이다. 농작물은 사람의 발자국소리를 듣고 자란다고 한다. 이들도 사람과 마찬가지로 의식이 있어서 자기들을 심고 길러주고 있는 사람, 특히 주인의 존재를 인식한다고 확신하고 있다.

햇볕이 화창한 날은 개를 데리고 뒷산으로 올라간다. 개들은 내 빽을 믿고 온 산을 누비고 다닌다. 산속에는 우리 개들이 감히 범접할 수 없는 멧돼지, 오소리 등이 살기 때문에 저희들끼리는 산에 오르지 못한다. 노래를 부르거나 독경을 하면서 산짐승들에게 내가 왔음을 알리면 그들은 깊은 곳으로 자리를 옮겨간다. 아마 산짐승들도 내 목소리를 알아듣고 자기들 편이라는 것을 알아차릴 것이다.

산촌에 산다는 것은 주변의 동식물과 더불어 사는 것이며 그들의 고통이 나의 아픔으로 아스라이 전달된다. 저녁 예불을 드리면서 뒷산에서 죽은 수많은 짐승들의 영가를 축원해준다. 이런 인연 때문인지 그들은 지금까지 우리 농장에는 거의 피해를 주지 않았다.

산방 주변 대나무 숲에는 죽순이 지천으로 솟아나고 있다. 시중에서 그렇게 귀한 죽순이 여기서는 대접을 못 받는다. 죽순의 용도는 여러 가지가 있지만 우리 집에서는 죽순 통으로 밥을 지어 먹는다. 맑고 그윽한 죽순의 향이 잡곡 속으로 배어드니 그 맛이 일품이다. 식사 후 정자에 앉아 차를 달여 마시고 회화나무의 너그러운 운치를 감상하며 세상사를 잊는다. 오늘이 며칠인지 잊었고 도회가 어디 있는지도 까마득하다.

오전에는 2~3시간가량 농사일을 한다. 아직 4월이지만 한낮의 햇볕은 온몸을 땀으로 흥건하게 적셔준다. 농사일은 힘들어서 누구나 싫어하며 특히 도회사람들은 땀 흘리는 농사일을 힘든 노동으로 여긴다. 그러나 나는 농사일을 노동이 아니고 수행이라 여기고 있다.

오늘은 불가(佛家)의 선시(禪詩) 한 구절을 화두(話頭) 삼아 음미하면서 일을 했다. 이 게송은 성철스님께서 읊으셔서 세상에 오래도록 회자된 내용이다.

산은 산이요 물은 물이로다.
山是山(산시산) 水是水(수시수)

오후에는 회화나무 아래 그늘에 누워서 책을 읽다가 명상에 들기도 한다. 해 질 무렵에는 서산 위 낙조를 바라보며 적정의 경지에 넘나들곤 한다. 이렇게 하루가 다하고 뒷산에서 어둠이 내려오면 소쩍새와 휘파람새가 번갈아 운다. 여름이 점차 가까워지니 휘파람새보다는 뻐꾹새 소리가 자주 들린다.

밤이 되니 뒷산 골짜기에서 멧돼지 소리, 고라니 소리가 들려오고 우리 개들은 산을 향해 소리를 친다. 이렇게 시리골 산방의 밤은 깊어 가는데 월영정(月迎亭)에 앉아 떠오르는 달을 보며 무심으로 앉아 있다.

마음이 고요해지니 세상이 아름답게 보인다. 그렇다. 마음이 고요하기 전에는 세상은 고해(苦海)였는데 마음이 평정해지니 주변이 모두 아름답게 보인다. 세상은 그대로인데 내 마음이 적정(寂靜)의 경지에 이르니 세상이 다르게 보인 것이다. 다음은 청원 행사 스님의 게송(偈頌)이다.

도를 닦기 전에는 산을 보니
산이었고 물은 물이었다.

도를 어느 정도 닦고 다시 보니
산은 그 산이 아니고 물도 그 물이 아니었다.

마침내 도를 이루고 보니 다시 보니
산은 그 산이요 물은 그 물이더라.

그렇다. 세상은 그대로인데 마음이 적정(寂靜)의 경지에 이르니
주변이 아름답게 보인 것이다. 달라진 것은 산이 아니라 내 마음
이다. 시리골 산방의 밤은 이렇게 조용히 깊어가고 있다.

빈 둥지를 보고 싶다

빗소리에 아침잠을 깨니 초여름 비가 조용히 산방을 적시고 있다. 엊그제는 폭염이 내리쬐어 모든 생명들이 생기를 잃고 있었는데 이렇게 비가 오니 모두들 하늘로 고개를 쳐들고 있다. 도시에서는 몰랐는데 농촌에서 살다보니 이렇게 비가 오는 것이 그렇게 고마울 수가 없다.

정자에 앉아 비 내리는 산방의 아침 풍경을 조용히 음미하고 있는데 문득 새 둥지가 생각났다. 새끼들이 비에 젖지는 않았는지, 새집이 의지하고 있는 유채줄기가 쓰러져 버리지는 않았는지 염려되어 자리를 털고 일어섰다.

어제의 일이다. 산방 동녘 밭에 유채가 무성하게 자란다. 5월 말이 되자 꽃이 지고 열매가 맺혔기에 낫으로 베었다. 내년 봄에는 온 밭에 유채꽃이 만발해서 우리 벌들에게 꿀을 제공해주기를 기대하면서 힘 드는 줄 모르고 일을 했다.

그런데 유채 더미에서 새집을 발견했다. 그 속에는 새 새끼 서너 마리가 겁에 질려 고개를 숙이고 웅크리고 있었다. 나는 깜짝 놀라 유채 베기를 중단하고 유체줄기 위에 새집을 조심스럽게 올려 놓았다.

문제는 어미가 새끼들을 찾아서 보호해줄 것인지 불안했다. 혹시 사람의 손길이 무서워서 새끼들을 포기한 것은 아닌지, 새끼 둥지를 찾지 못한 것은 아닌지 별의별 다 생각이 들었다. 한낮의 태양 볕에 새끼들의 안부가 궁금해서 저녁나절에 다시 가보니 새끼 3마리가 생기발랄하게 입을 짝짝 벌리고 있었다. 아마도 어미가 오는 소리인 줄 알았던 모양이다. 여러 가지 정황으로 보아 어미가 새끼들을 발견하고 먹이를 물어다 주고 있음이 분명하다.

오늘 아침 이렇게 비가 오니 혹시 새집이 빗물을 견디다 못해 떨어진 것은 아닌지, 새끼들에 비에 젖어 추위에 떨고 있는지 궁금하고 불안했다. 조급한 마음을 안고 가보니 다행히도 새집은 안전했고 새끼들도 건강해 보였다.

빗물을 이기지 못해 새집이 떨어질까 봐 다시 지주대를 세우고 노끈으로 고정시켜주었다. 그러나 혹시라도 어미가 새끼들을 포기할까 봐 노심초사했다. 나의 선의(善意)가 어미새에게 전해지기를 바랄 뿐이다.

사람의 마음이 자연과 소통되어야 비로소 그 사람의 수행이 어느 정도 익었다고 한다. 만약 새가 내 마음을 몰라준다면 아직도 나의 자비심이 모자란다는 증거이리라.

새끼들이 여름 햇살과 비바람을 무사히 견뎌내고 무럭무럭 자라서 하루빨리 이 둥지를 떠날 수 있기 바란다. 어느 날 새끼들은 훨훨 날아서 숲으로 돌아가고 빈 둥지만 남아 있는 모습을 보고 싶다. 빈 둥지를 보면 허전함보다는 뿌듯한 마음일 것이다. 무엇보다도 어미 새가 나의 선의를 알아준 것이 고맙고 대견할 것이다.

산중에 와서 새, 개구리, 뒷산의 짐승들과 더불어 살려고 했다. 그 소박한 바람이 이루어져서 산방 주변의 새들이 나의 어깨 위에 편안히 앉는 그런 날이 오기를 소망한다. 그런 광경을 상상만 해도 행복해진다.

상추에게 배운 인생의 길

산방에 초여름 볕이 화창하니 봄에 심은 온갖 채소들이 한창 결실을 맺고 있다. 밭이랑에는 때깔 좋은 고추가 주렁주렁 열리고, 팔뚝만 한 오이도 시원스럽게 달렸다. 토마토는 식구들이 매일 먹을 만큼 익어가고 상추와 부추는 이웃에 나누어 줄 정도로 풍성하다.

농촌생활의 즐거움 중의 하나는 상추를 직접 재배해서 쌈을 해 먹는 것이다. 낮에 힘들게 일하고 땀으로 범벅이 몸을 씻은 후 금방 따온 상춧잎에 들깻잎과 당귀 잎사귀를 얹고 고추장 된장을 넣어 쌈을 싸 먹으면 싱싱하고 풋풋한 향기가 입안에 가득하다. 그 맛과 향기가 농사일의 피로를 씻을 수 있을 정도이니 상추는 여름 식탁의 별미이다.

봄 햇살이 따뜻하던 지난 4월 어느 날, 밭이랑을 만들고 상추 모종을 심었다. 봄이라지만 아침저녁 바람은 차가웠고 모종들은 추위에 바들바들 떨고 있어서 그 모습이 안쓰러웠다. 저 상추가 언제 자라서 쌈을 해 먹을 수 있을까 생각하니 실감이 나질 않았다. 그렇게 4월이 지나고 5월이 되니 상추는 새잎이 여러 개 나더니 이내 쌈을 해먹을 수 있을 정도가 되었다. 이렇게 전성기를 맞은 상추도 오래는 버티지 못한다.

보통 상추는 2개월 정도 자라면 늙어서 잎이 거칠어지고 꽃이 핀 후 시들어버린다. 생로병사(生老病死)의 무상(無常)함은 상추에게도 어김없이 찾아온다. 그래서 2개월마다 새로운 모종을 심거나 씨앗을 뿌려야 한다. 그래야 항상 부드럽고 싱싱한 상추쌈을 먹을 수 있다.

우리 농장에는 항상 일찍 심은 것과 늦게 심은 2종류의 상추가 있다. 최근에 심은 상추에는 싱싱한 연두색 잎이 풍성하게 자라고 있다. 어린 상추로 쌈을 해 먹으면 그 맛이 부드럽고 향긋하다. 그러나 이미 2개월이 넘은 상추는 잎이 거칠어지고 향긋한 맛이 없다.

자연농법으로 농사를 짓는다지만 날이 가물면 채소밭에는 물을 주어야 한다. 특히 상추는 수분이 충분해야 잎이 연하고 먹기에도 좋다. 저녁에 물을 주면 밤사이에 성큼 자란다.

오늘 저녁나절, 상추가 빨리 자라기를 바라면서 상추밭에 물을 주고 있었다. 그런데 싱싱한 젊은 상추에게는 물을 많이 주면서 잎이 거친 늙은 상추에게는 물을 주지 않고 있는 나를 발견했다. 순간 가슴이 무너져 내렸다. '내가 이렇게 속물이었나, 내가 이렇게 모진 사람이었나?' 하는 자책감이 들었다. 늙은 상추는 어차피 이제 곧 수명을 다할 것이니 물을 주어봤자 소용없다는 것을 무의식적으로 생각한 모양이다.

늙은 상추의 입장에서는 매우 속상하고 안타까웠을 것이다. 옆에 있는 젊은 상추에게는 물을 많이 주면서 자기는 이제 쓸모가 없어졌다고 물을 주지 않으니 얼마나 서럽고 애통했을까? 그동안 주인을 위해서 맛있는 잎을 제공해 왔는데 이제 늙었다고 괄시를 받으니 얼마나 원망스러웠을까?

가만히 생각해보니 우리 인간사도 마찬가지이다. 젊어서 왕성한 활동을 한 사람도 나이가 들면 세상으로부터 점차 소외당한다. 불가(佛家)에서는 이를 제행무상(諸行無常)이라 한다.

사람은 시대의 흐름에 동참하지 못하면 도태되고 만다. 나 자신을 뒤돌아보았다. 나는 이 사회가 필요로 하는 사람인가? 나는 이 세상에서 존재감을 가지고 있는가?

상추에게 물을 주다 말고 어둠이 내려앉는 밭이랑에 퍼질고 앉아 나의 인생사를 회고해 보았다. 살아온 날을 뒤돌아보니 세상에서 인정받으려고 무진 애를 써왔던 것 같다. 새로이 등장하는 지식을 익히기 위해서 얼마나 몸부림치며 살아왔던가! 예순을 넘기고 나니 세상이 요구하는 것을 갖추는 것이 어려우며 곧 은퇴해야 한다는 것도 알게 되었다.

그렇다. 세상은 끊임없이 흘러가고 있다. 공자께서도 천하를 주유하시다가 강변에 서서 흘러가는 강물을 보고 이런 말씀을 하시었다.

"흘러가는 것은 모두 이와 같구나.
밤낮으로 쉬지 않고 흘러가는구나."

逝者如斯夫(서자여사부) 不舍晝夜(불사주야)

늙은 상추에게도 싱싱하던 젊은 시절이 있었지만 이제 나이가 들어서 쓸모가 없어진 존재가 되어버렸다. 그러나 자세히 보니 거칠고 늙은 상추의 끝에는 작고 아담한 꽃이 피고 열매가 맺히었다. 자기의 역할은 끝났지만 마지막에는 소담스런 씨앗을 맺어 후대에 물려주려 한다.

나도 60이 넘어서자 세상이 나를 필요로 하지 않는 시기가 도래함을 알게 되었다. 그래서 정년퇴직이라는 제도를 흔쾌히 받아들였다. 그러나 모든 인간은 젊었을 때만 가치가 있고 늙으면 쓸모없다는 말인가? 그렇지는 않을 것이다. 상추처럼 모든 존재는 상황에 맞게 변하고 그 연륜에 맞게 가치 있는 삶을 살려 한다.
젊어서는 세상을 위해서 살았다면 인생 후반부에는 나를 위한 삶을 살기로 했다. 이제는 세상에서 살아남기 위해서 인정받기 위해서 고군분투하던 삶을 내려놓기로 했다.

오래전부터 전원생활을 꿈꾸어왔다. 봄부터 가을까지 꽃이 피는 산방을 만들리라. 상추와 오이고추를 심는 농장을 가꾸리라. 비 오는 날은 테라스에 앉아 추녀 끝에 떨어지는 비를 바라보며 차를 마시고 옛 성현들의 가르침을 배우고 명상을 하리라.

은퇴 후 이런 꿈을 실현하기 위해 전원으로 들어왔다. 하늘의 도움이 있어 산골에 아담한 농장을 마련했다. 밤에는 뒷산에서 소쩍새가 울고 옆 산에는 휘파람새가 길게 휘파람을 분다. 이런 산방에 살면서 아침저녁으로 경서(經書)를 읽고 낮에는 땀을 흘리며 삽질을 하며 밭을 일군다. 알아주는 이 없어도 이 삶 자체가 즐겁고 보람이 있다. 공자의 이 말씀이 가슴에 와 닿는다[논어 학이편].

세상 사람들이 나를 알아주지 않아도
섭섭하게 여기지 않아야 군자가 아니겠는가!

人不知而不慍(인부지이불온) 不亦君子乎(불역군자호)

산속의 나리꽃은 보는 이 없어도 홀로 피어 향내를 사방에 풍긴다. 상추는 늙어서도 꽃이 피고 열매를 맺는다. 나도 이곳에서 인생의 꽃을 피우고 결실을 맺으리라.

들개, 그들의 잘못이 아니다

 이른 새벽, 우리 개들이 요란하게 짖는다. 그런데 그 짖는 목소리가 점차 오그라들더니 꼬리를 빼는 시늉을 한다. 이는 자기보다 힘센 상대가 나타났다는 신호이다. 특히 한밤중에 종종 이런 일이 있는데 이는 멧돼지와 같은 짐승들이 내려왔다는 증거이다.

 우리 개들이 이런 반응을 보일 때면 나는 전등과 지팡이를 들고 현관문을 나선다. 그러면 우리 개들은 내 백을 믿고 용기백배해서 상대를 향하여 돌진한다. 이때 산짐승들은 슬슬 꽁무니를 빼서 숲속으로 사라진다. 소위 짐승의 세계에 있어서도 홈그라운드의 이점은 80~90%라는 것을 산중생활의 경험으로 알 수 있다.

 그런데 이른 새벽에 이런 일이 일어나다니 의아하지 않을 수 없었다. 하는 수 없이 문밖을 내다보니 큰 백구 2마리가 50여 미터 떨어진 대문 주변에서 어슬렁거리고 있었다. 그들은 장대한 어른 개인 것에 반하여 우리 집 개들은 덩치가 그들의 1/3에 불과한 자그마한 잡종이다. 진료를 위해 동물병원에 들렀을 때 수의사는 우리 개의 혈통을 mixed dog(잡종)라고 진료카드에 적었다.

대문 밖에서 집안을 살펴보고 있는 개들은 자기들끼리 야생에서 가족을 이루고 살고 있는 들개들이다. 뒷산 어디엔가 보금자리를 마련해 비바람을 피하고 새끼를 키우는 것 같다. 끼니때가 되면 동네에 내려와서 집개들이 먹다 남긴 음식찌꺼기를 얻어먹는다. 가끔 동네 닭이나 고라니를 사냥해서 포식하기도 한다. 어른 고라니는 이들로부터 달아날 수 있지만 새끼는 대부분 이들의 먹잇감이 된다.

세상의 번뇌가 싫어서 산골로 들어왔는데 여기서도 약육강식의 살벌함이 존재하기에 가슴 아픈 적이 한두 번이 아니었다. 주인에게서 버림받고 자기들끼리 살고 있는 들개들이 불쌍하고 이들에게 당하는 고라니 등 약한 생명체들이 더욱 불쌍하다.

먹고 먹히는 약육강식의 자연세계에서 내가 누구 편을 들어야 할까? 외국기록영화를 보면 맹수가 초식동물을 사냥하는 것을 적나라하게 보여주고 있는데 이때 나는 채널을 돌려버린다. 그런데 이런 일들이 내가 사는 농장 주변에서 벌어지고 있다니 기가 찰 노릇이다.

가끔 들개들이 고라니를 사냥하는 것을 목격하게 되는데 이때 막대기로 개들을 쫓아내고 고라니를 구한 적이 한두 번이 아니다. 그때 개들의 표정이 가관이다. 저만치 쫓겨난 들개들이 왜 자기들 영역을 침범하느냐 하는 투로 나를 원망스럽게 바라보곤 했었다. 혹시 들개의 어린 강아지들이 어미가 먹이를 구해오기를 기다리고 있을지도 모른다는 생각이 들어 가슴이 짠하기도 했다. 노자(老子)는 무위자연(無爲自然)이라 하셨지만 그래도 나는 들개와 고라니 가운데 고라니 편을 들고 있다.

이때 정의가 무엇이고 삶의 기준이 무엇인가에 대한 의문이 든다. 우리 집 대문 앞에서 어슬렁거리다 슬그머니 골목을 빠져나가는 들개들의 모습에서 전해오는 측은함이 내 마음을 무겁게 한다. 그들이 우리 집개들을 부러운 눈초리로 바라보는 것을 본 적이 있다. 너희는 전생에 무슨 복을 지었기에 좋은 주인을 만나서 이렇게 호사하고 있느냐 하는 투의 표정이다.

은퇴 후 살 곳을 물색할 때 산과 인접해야 하는 것이 첫 번째 기준이었다. 그 이유는 내가 뒷산에 쉽게 올라갈 수 있고 산속의 고라니, 토끼 등 연약한 동물들이 추운 겨울에 우리 집에 내려와서 우리 개들과 같이 잠자고 배불리 먹은 후 아침에 산으로 돌아가기를 소망했기 때문이다. 아직 이런 소망이 이루어지지는 않았지만 머지않아 그런 날이 올 것이라 기대하고 있다.

오늘같이 비 오는 밤, 고라니도 야생개도 어디서 비를 피해서 잠이라도 편이 자고 있는지 염려된다. 이런 세상은 아마도 에덴동산에서나 가능하려나. 내가 사는 산방 주변을 에덴동산으로 꾸며보련다. 하늘이시여, 도와주소서.

나의 무위자연

산골에서는 춘하추동의 변화를 몸으로 느끼며 산다. 겨울 삭풍이 불던 날이 바로 엊그제였는데 3월이 되니 산방에는 꽃이 피고 나무에는 새싹이 나고 있다. 이미 산수유, 매화, 살구꽃은 피었다 지고 개나리는 아직도 울타리를 노랗게 물들이고 있다. 앞마당 능수도화 붉은 가지는 요염한 자태를 뽐내고 뒷마당에는 해당화가 막 피어나고 있다.

2주일 전에 휘파람새가 길게 울더니 어제저녁에는 소쩍새 소리가 옆 산에서 들려왔다. 그들은 천리의 흐름을 쫓아 겨울에는 먼 남쪽에 갔다가 봄이 오니 다시 이곳으로 찾아온 것이다. 사람도 새도 그리고 짐승도 자기가 살던 곳을 잊지 못한다.

작년에 여기서 살던 애들이 지난겨울 따뜻한 나라로 갔다가 봄이 되니 다시 돌아온 것이다. 날이 더 따뜻해지면 이들의 목청에도 윤기가 더해져서 산방의 밤을 더욱 정겹게 만들 것이다. 5월이 되면 뻐꾹새도 찾아올 것이니 나무와 새들이 어우러져 사는 시리골 산방이 그대로 극락정토가 될 것 같다.

4월이 되었으니 봄 채소를 심어야겠다. 먼저 지난해 가을걷이 후 그대로 둔 고춧대, 가짓대 등을 정리하고 묵은 비닐을 걷어냈다. 그리고 예초기로 집 주변에 만개한 냉이를 베어냈다. 집 주변에는 냉이가 많이 자란다. 일부는 봄나물을 해 먹었지만 나머지는 꽃이 피도록 내버려 두었다. 그들도 이 세상에 태어났으니 꽃이라도 피도록 해주고 싶었다. 꽃이 진 냉이가 밭 주변에 지천으로 널려있기에 30여 분 동안 예초기로 베고 보니 산방이 훤해진다. 그러나 냉이 입장에서 보면 열매를 맺지 못하고 베어지는 것이 못내 섭섭했을 것이다.

신선(神仙)은 무위자연(無爲自然)으로 산다지만 식물이 사람 사는 영역에 너무 깊이 들어오면 집이 폐허처럼 보인다. 그렇다. 사람 사는 영역과 동물이 사는 곳, 그리고 식물이 사는 곳은 어느 정도 분리하는 것이 옳은 것 같다. 집 가까이 나무가 너무 많이 있으면 집이 나무 기운에 눌린다. 약간의 간격이 있어야 사시사철 바뀌는 나무 모습을 바라볼 수 있고 나뭇가지에서 뛰노는 새소리를 들을 수 있다.

나무도 그렇다. 처음에는 그냥 내버려 두었다. 그랬더니 나뭇가지가 서로 엉키어 병충해도 심하고 햇볕이 들지 않더니 열매가 실하지 않았다. 하는 수 없이 가지치기를 해주었다. 집 근처에 있는 소나무도 10여 년 만에 가지치기를 해주었다. 그랬더니 속이 훤해지고 가지가 사방으로 골고루 잘 뻗어서 보기 좋다.

무위자연으로 농사를 짓는답시고 농약을 치지 않고 과일나무를 키웠다. 그랬더니 지난 몇 년간 사과, 매실 등을 거의 수확하지 못했다. 모두 병이 들어서 떨어져 버렸기 때문이다. 이웃 농장에서 농약을 치니 그곳에서 쫓겨난 병충과 병균들이 모두 우리 농장으로 이사 온 것이다.

마당에는 백일홍 두 그루가 있는데 몇 년 전부터 꽃이 전혀 피지 않고 잎이 말라 떨어져 버리는 일이 반복되었다. 하는 수 없이 나뭇가지를 잘라 농약상에 보였더니 진딧물이 창궐해서 그렇단다. 그래서 타협한 것이 일 년에 2~3번 정도는 농약을 쳐주기로 했다. 그랬더니 금년에는 백일홍 꽃이 풍성하게 피어서 산방 마당을 아름답게 장식해 주고 있다.

그렇다. 사람도 바르게 성장하게 하려면 교육을 시켜야 하고, 신체기능이 원활하지 못하면 체형을 교정해 주어야 건강한 삶을 살 수 있다. 산방에서도 나무의 가지치기를 해주고 농약도 최소한 뿌려주기로 했다. 농사짓는 방식을 이렇게 바꾸기로 했다. 이것이 나의 무위자연인 셈이다.

배롱나무 아래서

　내가 사는 우거(寓居) 적조당 마당에는 배롱나무 한 그루가 서 있다. 꽃이 100일 동안 피어 있다고 해서 백일홍이라도 불린다. 10여 년의 세월 탓인지 나무 몸통에는 연륜의 흔적이 역력하다. 요즘 아침저녁으로 백일홍 나무 아래 돌 탁자에 앉아 차를 마시며 주변 산천의 풍광을 바라보는 재미에 젖어있다.

　오래전부터 이 나무 밑에 앉아서 사시사철 변하는 주변 산의 풍광을 감상하고 싶었다. 며칠 전 지인의 도움으로 나무 밑에 넓은 돌판으로 탁자를 만들고 의자를 곁들었다. 경사진 땅을 평편하게 정리하니 편안한 장소가 되었다. 평탄하게 만드는 과정에서 마음고생을 약간 했다. 탁자가 놓일 자리에는 이미 냉이가 꽃을 피우고 있어서 이들을 제거해야 했기 때문이다. 어떤 풀은 천수를 누리고, 어느 것은 탁자 때문에 일찍 운명을 달리해야 했다. 그들은 단지 태어난 장소가 그곳이기 때문에 이런 수난을 겪게 된 것이다.

살펴보니 우리 인간사에도 이런 일이 비일비재하다. 아직 세상에서 왕성하게 일 할 수 있는 사람이 일찍 별세하기도 한다. 착하게 산 사람도 병으로 또는 사고로 일찍 생을 마감하는 경우도 있다. 이때 사람들은 하늘을 원망한다.

공자께서도 애제자 안회가 일찍 세상을 떠나자 애통해 여겨서 이런 말을 했다[論語 子罕篇].

"어떤 것은 싹은 났으나 꽃이 피지 못한 것도 있고,
꽃은 피었으나 열매를 맺지 못하는 것도 있다."

子曰(자왈) 苗而不秀者有矣夫(묘이불수자유의부)이며
秀而不實者有矣夫(수이부실자유의부)인져

오늘 탁자 때문에 운명을 일찍 마쳐야 하는 저 풀도 나를 원망하고 있을지 모른다. 그렇다. 산다는 것은 업(業)을 짓는 일이구나. 이것을 무엇으로 해석해야 할까? 불교에서는 업으로 해석하고 기독교에서는 하나님이 더 좋은 곳에 쓰시려고 일찍 데려간 것이라고 한다. 이런 일은 하늘의 섭리이니 인간의 지혜로 따질 일이 아니라는 뜻이다.

탁자 주변을 정리하면서 불가피하게 뽑혀나간 냉이에게 미안했다. 최소한 씨앗이라도 맺은 후에 일생을 마치게 했으면 좋으련만 그렇게 해주지 못한 죄책감에 한동안 마음이 아팠다.

요즘은 이렇게 만든 배롱나무 아래 탁자에 앉아 차를 마시고 책을 읽기도 하면서 뒷산 풍광을 무심으로 바라본다. 뽑혀나간 냉이의 희생이 헛되지 않도록 그들의 극락왕생을 기원하기도 한다.

금년은 배롱나무 아래 탁자에 앉자 이렇게 시간을 보내고 있다. 봄에는 마당 주변에 피는 꽃을 보고, 여름에는 배롱나무에서 피는 꽃을 바라보며 세상사의 무상함을 잊는다. 가을에는 햇살을 등에 지고 뒷산에 가득히 피워 오르는 붉은 산색을 음미하고 있다.

이런 삶을 알아주는 이는 우리 집 혜야와 달이(두 마리의 강아지)이다. 내가 여기서 책을 읽거나 차를 마시고 있으면 이들은 곁에 와서 재롱을 떤다. 자기들도 이런 분위기가 매우 좋은 모양이다.

대학에서 퇴직하니 사람들은 나를 세상에서 은퇴한 것으로 여긴다. 나는 다만 대학이라는 직장에서 퇴직했을 뿐, 인생을 은퇴한 것은 아니다. 이제 진정으로 하고 싶은 일을 하고 있다. 배롱나무 아래서 아침에는 논어를 읽고 저녁에는 금강경을 독송한다.

낮에는 밭을 일구어 가족이 먹을 채소와 과일나무를 가꾼다. 밭에는 자연적으로 생긴 달래, 민들레, 엉겅퀴가 지천으로 자라고 있다. 밭일을 하고 돌아오면서 이들을 채취하여 부엌에 갖다 주면 갖가지 음식이 되어 나온다. 이들이 바로 진시황이 찾던 불로초이다. 나는 날마다 불로초를 먹고 있으니 백세까지는 무난히 살 수 있으리라는 상상을 하다가 나도 모르게 웃음이 나온다.

은퇴 후 이렇게 산방에 앉아 산천을 바라보고 있으니 찾아오는 이 없어도 외롭지 않고 알아주는 이 없어도 섭섭하지 않다. 산중의 난초는 보아주는 이 없어도 저 혼자 즐기면서 향내를 온 산천에 뿌린다. 공자께서 말씀하셨다.

"세상 사람들이 나를 알아주지 않아도
섭섭지 않아야 군자가 아니겠는가!"

人不知己而不慍(인부지기이불온)이면 君子乎(군자호)아.

배롱나무 밑에 무심으로 앉아 있으니 욕심도 분노도 일어나지 않는다. 시끄러운 세상사에 대해서도 초연해지는 것 같다. 감히 성현의 삶을 흉내 내려 함은 아니지만 '적정(寂靜)의 삶이 이런 것이구나.' 하는 생각이 든다.

모과는 초연히 떠나라 한다

　앞뜰 모과나무에는 노랗게 익은 모과 3개가 달려있다. 올 가을은 테라스에 앉아 익어가는 모과를 바라보며 가을 운치를 감상하는데 내 영혼을 맡기었다. 여름내 푸르던 잎이 노랗게 익어가니 모과의 자태가 더욱 두드려진다. 그동안 꽤 많은 열매가 열렸었는데 지난여름 거의 다 떨어져 버리고 3개만 살아남았다. 여름의 비바람과 병충해를 이겨내고 끝까지 살아 남아준 것이 대견하고 고마웠다.

　산방에는 여러 종류의 과일나무가 있지만, 집 테라스에서 볼 수 있는 것은 모과나무가 유일하다. 몸이 멀어지면 마음도 멀어진다고 매실, 자두, 대추, 감 등은 저만치 밭 가운데 있으니 일부러 가야만 볼 수 있다. 그러나 모과는 테라스에서 항상 볼 수 있어 정이 더 들었다.

세상에서는 못생긴 사람을 일러서 '모과 같다'고 비유하곤 한다. 사과 등 다른 과일에 비하여 둥글지 않다고 해서 붙인 대명사이다. 그러나 요즘 모과는 그런대로 모양을 갖추고 있다. 특히 노랗게 익은 모과를 집안이나 자동차 안에 두면 은은한 향이 가득해진다. 잘게 썰어서 차를 달여 마시면 입안에 향이 가득해지고 그 기운이 온몸으로 전달됨을 느낄 수 있다.

오늘도 앞뜰이 내려다보이는 테라스에 앉아 모과를 통해서 익어가는 가을 냄새를 맡고 있다. 차를 마시면서 모과와 두런두런 이야기를 나누기도 한다. 만약 앞뜰에 이 모과나무가 없었다면 금년 가을은 약간 허전했을 것이라 생각하기도 했다.

그런데 오늘 낮에 3개의 모과 중 하나가 땅으로 뚝 떨어졌다. 이 모습을 보는 순간 내 가슴이 철렁 내려앉았다. 오곡백과는 익으면 떨어지는 것이 만고의 진리인데도 말이다. 이 모과도 오래도록 정원에 있어주기를 바랐지만 사람의 욕심대로 되지 않음을 보여주었다.

사람도 곱게 늙어가는 모습은 아름답다. 그 모습에서 평생 살아온 삶의 향기가 우러난다. 그러나 노년의 삶이 오래가지는 않는다. 모과는 익으면 땅으로 떨어지듯이 사람들도 아름다운 황혼에 오래 머물지 못한다. 언제일지 모르지만 내 인생의 후반부도 저 모과처럼 향이 나고 시절인연이 다하면 초연히 떠날 수 있기를 소망한다. 나아가서 이 세상에 어떤 흔적을 남기지 않는 그런 마무리를 하고 싶다.

적정(寂靜)의 경지

   오늘 산방의 아침하늘이 잔뜩 흐리다. 눈이라도 왔으면 하는 기대를 해 보지만 이곳은 남쪽지방이라 그럴 가능성은 거의 없다. 어젯밤에 활활 타던 벽난로에는 작은 불씨만 남아 있다. 다시 장작에 불을 붙이니 실내가 훈훈해진다.

   적막한 겨울 산방에 홀로 앉아 뜨거운 차를 마시면서 육조단경 (六祖壇經)을 펼쳤다. 사람들은 번뇌로 고통스러워한다. 번뇌란 무엇인가? 마음속에 풍파가 일어나서 고요하지 못함이다. 만약 마음이 무심(無心)이라면 번뇌도 들어설 자리가 없어질 것이다. 혜능스님은 육조단경에서 이를 말씀하셨다.

   "원래 한 물건도 없는데 어느 곳에 번뇌가 쌓일 것인가."

   本來無一物(본래무일물) **何處有塵埃**(하처유진애)

그렇다. 무심(無心)이면 탐욕도 분노도 일어날 곳이 없어진다. 이 말씀을 되새기며 명상을 한다. 마음 깊은 곳에서 희열이 흘러나와 가슴을 가득 채운다. 조용히 눈을 감고 이 기운을 그대로 음미하고 있다. 심중이 적정(寂靜)해진다.

오늘은 적정함과 적막함의 차이를 확연히 알 것 같다. 적막(寂寞)함이란 외롭고 쓸쓸하며 그 외로움에 가슴을 절이는 것이다. 적막함의 늪은 깊고 깊어서 거기에 빠지면 헤어나기 어렵다. 그래서 사람들은 산골에 홀로 살지 못하고 도회로 되돌아가는 모양이다.

적정(寂靜)함이란 고요하고 고요한 가운데 영혼이 고도로 순수해지는 경지이다. 이런 시간이 깊어지면 마음이 한없이 평안해진다. 이때의 마음은 세상만사를 포용할 수 있고 원수지고 맺힌 이들을 용서할 수 있을 것 같다. 수행자는 이런 체험 때문에 적정(寂靜)의 경지를 갈망하게 되는가 보다.

오늘은 적정(寂靜)의 경지에 대해서 말해 보려 한다. 지금 비록 혼자 있지만 고독하지도 않고 더욱이 고립되어 있지도 않다. 혼자 고요함을 즐길지언정, 고독한 것은 분명코 아니다. 산하 속에 내가 있고 그 속을 자유롭게 거닐고 있으니 내 안에 산하가 있음을 느낀다.

자연은 사람의 마음을 아주 순수하게 정화시켜주는 신비한 세계이다. 가끔 일이 잘 풀리지 않거나 마음이 심란할 때 숲속으로 들어간다. 특별한 수행을 하지 않아도 자연과 호흡을 맞추면 그대로 힐링이 된다. 인기 방송프로그램 〈나는 자연인이다〉에 나오는 주인공들은 대부분 세상에서 마음의 상처를 입고 힘들게 살다가 산속에 들어와서 치유된 사람들이다. 만약 산중에서 살 수 있는 여건이 되지 않는다면 도시에서라도 산 가까이 살면 그런 효과를 얻을 수 있을 것이다.

자연은 봄 여름 가을 겨울 시절마다 다른 운치를 준다. 겨울은 추운 계절이라서 누구나 싫어하지만 그래도 겨울의 산속은 한없이 포근하다. 소나무 숲이 우거져서 바람을 막아주니 아늑하기 그지없다. 특히 산 중턱 양지 녘에는 보드라운 풀이 있고 그곳에는 고라니 등이 쉬고 있다. 갑자기 나타난 나를 보고 놀라지 말라고 노래를 흥얼거리면서 인기척을 한다. 그러면 그들은 슬그머니 다른 곳으로 자리를 옮긴다. 편안히 쉬고 있는 그들을 방해한 것 같아 미안하다.

아마도 내 마음속에는 아직도 탐욕과 분노의 찌꺼기가 남아 있는 모양이다. 그래서 그들은 나를 피하는 것이리라. 언제일지 모르지만 산중 식구들이 다가가도 피하지 않고 내 곁에서 편안히 낮잠을 즐기는 그런 날이 올 것이다.

이런 산속에 머물면서 주변의 동식물과 더불어 살고 있으니 자연을 닮아가고 있다. 도시에서 치열한 경쟁의 삶을 살면서 혼탁해진 마음을 정화시킬 수 있을 것 같다.

모든 것을 내려놓고 마음을 고요히 하며 자연과 파장을 맞추어 본다. 그러면 심중에 끓어 오르던 탐진치(貪瞋痴)가 조용히 가라앉고 적정의 경지에 들 수 있다. 감히 열반적정(涅槃寂靜)은 말할 수 없지만 적정(寂靜)의 순간만은 자주 접할 수 있다. 인생 후반부에 이르니 이런 날이 더욱 많아진다. 하루 한 번만이라도 적정의 경지에 들어서 심연(心淵) 저 밑바닥까지 이르고 싶다. 이런 날이 반복되면 다시는 후퇴하지 않는 경지에 이르게 될 것 같다. 언제일지 모르지만 적정(寂靜)의 경지에서 다시는 후퇴하지 않는 그런 경지, 열반적정(涅槃寂靜)에 이르게 될 것임을 상상해 본다. 유가(儒家)에서는 이런 경지를 지어지선(止於至善)이라 한다. 지극한 선(善), 즉 인(仁)에 들어서 다시는 후퇴하지 않는 경지에 이른 것을 말한다. 이런 상상을 하고 있으니 불현듯 '내가 또 과욕을 부리고 있구나!' 하는 생각이 들어서 쓴웃음이 나온다.

나의 피난처

살다보면 심신이 지칠 때가 있다. 그럴 때면 마음의 위안을 얻을 수 있는 곳으로 떠나고 싶어진다. 나는 비록 정년퇴직을 했지만 일주일에 4일은 산방에서 농사일을 하고, 3일은 부산에서 강의 등으로 바쁘게 지내는 편이다. 쳇바퀴 돌듯 살다보니 일상의 삶에서 잠시 탈출해서 재충전할 기회를 갖고 싶어진다. 그래서 찾은 방법 중의 하나가 나만의 피난처를 찾아 떠나는 것이다.

나에게는 피난처가 몇 군데 있는데 그중의 하나가 부산 승학산 억새밭에 있는 소나무 밑이다. 가을 햇살이 억새잎에 따뜻하게 반사되는 산 능선에는 큰 소나무 한 그루가 서 있고 그 밑에는 통나무 벤치가 있다. 가파른 산길을 2시간쯤 숨을 헐떡이며 이곳에 도착한다.

가끔 이곳에서 한나절을 보내곤 한다. 소나무 그늘 밑에 앉아 땀을 닦은 후 남쪽을 바라보니 부산 앞바다의 송도, 다대포 일대가 일망무제로 펼쳐져 있다. 한낮의 햇볕에 반사되는 바다풍광이 정겨운 이웃같이 친근하게 다가온다.

가끔씩 등산객들이 내 피난처로 와서 잠시 쉬었다 가기도 한다. 이들과 인사를 나누고 은퇴 후 삶에 대한 경험담을 서로 나눈다. 비록 초면이지만 점심과 술을 나누며 허물없이 이야기를 주고받을 수 있는 것은 인생 후반부를 같이 살아가는 동병상련의 감정 때문이리라.

우리 세대들이 살아온 인생을 한마디로 요약하면 '열심히 살아왔다.'이다. 산중 피난처에서 이름 모를 등산객들과 옛일을 회고하고 있으니 내 영혼이 위로받고 있다는 느낌이 든다.

그들이 떠나고 홀로 남으니 이제는 온전히 나의 세계이다. 이 시간에는 세상의 크고 작은 일에서도 해방된 듯하다. 세속에서는 갖가지 인연들이 서로 얽혀서 마음이 편치 못하다. 이런 곳에서 홀로 쉬고 있으니 세상과의 인연을 잠시라도 멀리할 수 있어서 좋다. 승려가 도를 이루기 위해서 세속을 떠나 출가하는 이유를 알 것 같다.

세속이란 욕망과 미움으로 얽힌 사바의 세상이다. 특히 정치계를 들여다보면 '저 업보를 어떻게 하려고 저러는가?' 하는 생각이 든다. 그들도 이런 한적한 곳을 찾아 마음을 비운다면 사욕이 사라지고 무심으로 정치를 하게 될 것이다. 그러면 우리나라가 한결 살기 좋은 나라가 될 것이다.

가끔씩 까치며 까마귀가 날아와서 벗인 양 곁에서 놀다 가기도 한다. 그들이 내 곁에 다가온 목적은 먹다 남긴 음식 때문이다. 때로는 고양이도 찾아온다. 고양이를 볼 적마다 이 높은 산중에 무엇을 먹고 사는지 애처로운 생각이 든다. 산행을 올 때 이들을 생각해서 점심을 여유 있게 준비해 온다. 고양이는 먼발치에서 훔쳐보다가 적대감이 없음을 파악한 후에야 던져준 식사를 맛있게 먹는다. 아마도 자기보호본능이 철저한 탓이리라.

이에 비해서 까치나 까마귀는 대담하게 음식을 챙겨 먹는다. 까치는 보기와는 다르게 매우 별나고 싸움도 잘 한다. 힘으로는 까마귀가 더 세겠지만 까치가 떼를 지어 달려드니 슬그머니 자리를 피해버린다. 힘이 부족해서가 아니라 싸우기 싫어서 양보하는 것이니 아마도 까마귀는 군자인 것 같다.

어린 시절 어른들과 함께 산에 가서 점심을 먹을 때 음식을 주변에 던져주면서 '고씨네' 하고 외치는 것을 본 적이 있다. 일설에 의하면 고씨집 처녀가 죽어 산을 헤매고 있는데 그에게 음식을 나누어주면 그 넋을 위로할 수 있으며 그녀의 도움으로 산행이 순조롭다고 한다. 이 말의 사실여부를 떠나서 음식을 조금 떼어서 새와 산짐승에게 나누어 주는 것은 인간이 천하 만물과 더불어 살아가는 양심의 발로이다. 이 작은 일이 '만물의 뿌리는 하나(一切同根)'임을 깨닫는 계기가 된다.

점심을 먹고 난 후, 소나무 그늘 아래 통나무 벤치에 누워 잠시 동안 낮잠을 잔다. 자연의 품이 아늑하니 몸도 마음도 포근해진다. 대략 5~10분 정도 자고나면 심신이 개운해진다. 남들은 어떻게 산속에서 함부로 누울 수 있으며 이런 환경에서 잠이 오느냐고 한다. 나는 오히려 산속에 누워 편안함을 느낀다. 내 영혼의 고향은 자연이며 몇십 년 후 돌아갈 곳도 역시 이곳이기 때문이다.

한숨 자고 난 후 현자(賢者)들의 말씀이 담긴 책을 읽는다. 선지자(先知者)의 지혜는 우리에게 위안을 주고 가야 할 방향을 제시해 준다. 나도 이분들처럼 후세들에게 도움을 줄 수 있는 무언가를 남겨야 하지 않을까 하는 생각도 해본다.

이런 산속에서 1~2시간을 보내면 집에서 잘 풀리지 않던 일들도 문득 실마리를 찾게 되고 머릿속에 맴도는 다양한 생각들은 일목요연하게 정리된다.

마음이 지극히 고요해지니 불현듯 오랫동안 소식이 없는 지인의 안부가 궁금해지고, 불편한 관계에 있던 사람과도 화해해야겠다는 생각이 든다. 저 아래 세상에서 중요하게 생각되었던 일도 여기서는 대수롭지 않게 여겨진다. 이것은 아마도 자연이 주는 가피일 것이다. 이렇게 자연은 나에게 스승이며 치유의 공간이다.

옛 성인들과 현자들도 이런 연유로 산과 광야를 찾았을 것이다. 석가는 숲속에서 정각(正覺)을 이루셨고, 공자는 니구산(尼丘山)을 헤매면서 천리를 깨달았으며 예수께서는 사막에서 하느님을 만났다. 자연은 이렇게 무한한 깨달음과 구원의 메시지를 우리에게 전해주고 있다. 다만 인간의 영혼이 오염되어 하늘의 메시지를 알아들을 수 없을 뿐이다. 성현들은 하늘의 말씀을 우리 인간들이 알아들을 수 있는 언어로 전달해주셨다. 그것이 바로 경전(經典)이다.

마음이 편안해진 후, 선가(仙家)의 호흡명상 수련을 한다. 들이쉬는 호흡 흡식(吸息)을 하니 하늘기운이 백회(百會)를 통해서 기경팔맥(奇經八脈)을 돌고, 내쉬는 호흡 토식(吐息)을 하니 몸의 나쁜 기운들이 모두 빠져나가는 것 같다. 점차 호흡이 편안하고 깊어지다가 어느덧 숨이 거의 느껴지지 않을 정도로 고요한 경지에 이른다. 이때가 되면 나와 자연이 합일의 경지에 이르렀음을 체감할 수 있다. 승학산 신선이 계신다면 명상수련하는 내 모습을 지켜보고 흐뭇해하실 것 같다.

다음에는 비 오는 날 이곳에서 한나절을 보내고 싶다. 작은 텐트를 치고 지붕 위에 떨어지는 빗소리를 들으면서 명상을 하리라. 이런 날 산을 찾는 사람은 거의 없을 것이다. 고요한 소나무 아래 텐트 속에서 빗방울이 떨어지는 것을 바라보고 있으면 영혼이 투명해짐을 느낄 수 있으리라. 혹시 비를 피해 먹을 것을 찾는 고양이가 다가오면 그를 벗 삼아 점심을 나누어 먹으리라.

세상일이란 즐거울 때도 있고 힘들 때도 있다. 일상에서 심신이 지칠 때 이런 피난처에 조용히 머물면서 편히 쉬고 있으면 힐링이 된다. 이런 곳에서 호흡을 조용히 가다듬으면 천기(天氣)와 지기(地氣)가 온몸으로 들어와 심신은 다시 생기로 충만해질 것이다. 승학산에 억새꽃이 만발해지는 가을이 기다려진다.

미물(微物)이라는 중생

소나무와 잡목들이 어우러져 하늘을 덮고 그 사이로 산책길이 굽이쳐 있다. 요즘 유행하는 둘레길이란 거창한 명칭은 얻지 못했지만 나는 이 길을 걸으면서 마음의 평화를 얻고 있다. 때로는 어제의 피로가 덜 풀려서 발걸음이 무거워도 숲길에 접어들어 긴 호흡을 하노라면 이내 온몸이 가벼워진다. 세상살이에서 얻은 골치 아픈 일이 이내 순화되고 마음도 평화로워진다.

오늘 아침, 산책길을 한적하게 걷고 있는데 길 한가운데 지렁이 한 마리가 꿈틀거리고 있었다. 용케 사람 발에 밟혀 죽지 않고 아직까지 살아남아 있다. 날씨가 건조해지니 거처하던 곳에 습기가 없어서 물기를 찾아 나온 모양이다. 그러나 길 가운데로 나오면 오히려 더 위험하다. 그러나 그들은 이를 알 턱이 없으니 살기 위해서 거처를 뛰쳐나온 것이다. 사람의 눈으로 보면 그들은 어리석기 짝이 없다.

꿈틀거리며 안간힘을 쓰고 있는 그들의 모습이 어리석게 느껴지면서도 애처롭다. 이미 흙먼지를 잔뜩 뒤집어쓰고 용쓸 힘조차 소진한 상태라서 곧 죽을 것만 같다. 그러나 이도 곧 오가는 사람들의 발길에 차이거나 말라서 죽을 것이다. 주변에는 이미 말라 죽은 지렁이들의 모습이 여기저기 보인다. 아무리 미물이라지만 생명이 저렇게 함부로 버려지는 것을 보니 안타까운 마음이 가슴을 아프게 한다.

조심스럽게 이들을 주워서 습기가 있을 만한 곳에 놓아주기로 했다. 그랬더니 거의 죽어가던 녀석이 잡혀가는 줄 알고 손안에서 몸부림친다. 몇 걸음 옮기니 또 한 마리가 보인다. 이 녀석도 손에 담았다. 이렇게 해서 4~5마리 정도를 손안에 움켜쥐고 물기가 있는 도랑을 찾았다. 평소에 봐둔 곳이 있어서 그곳에 나무꼬챙이로 진흙을 파고 이들을 그곳에 놓아주었다. 그리고 이렇게 당부했다.

"잘 살아라."
"자식을 많이 낳고 행복해라."

그들이 내 기원을 알아들었는지 알 수는 없지만 살았다는 안도감은 느꼈을 것이다. 요즘도 산책할 때마다 이들을 주워 담아 새 보금자리로 데려다주고 있다. 때로는 너무 많아서 전부 수거할 수 없는 경우도 있다. 이럴 때는 다 구해주지 못한 자책감에 마음이 무거워지기도 한다.

이들은 자기가 머물던 환경이 열악해지니 더 좋은 곳을 찾아 나섰다가 오히려 사람들의 발길에 치여 죽거나 말라서 생을 마친다. 밖으로 나서면 더 위험하다는 것을 몰랐기 때문에 생긴 일이다. 만약 이들이 좀 더 총명했더라면 원래 살던 장소에 머물면서 비가 오기를 기다렸을 것이다. 그렇게 하지 못한 것은 어리석었기 때문이다. 그래서 이들을 미물(微物)이라고 하나 보다.

사실 만물의 영장이라고 하는 사람도 자기의 미래운명을 알지 못한다. 전쟁과 자연재해로 수많은 사람들이 죽는 일이 허다하다. 하늘이 내려다보신다면 우리 인간도 저 미물과 다를 바 없을 것이다. 더 많은 재물과 권력을 탐하다가 오히려 패가망신을 당하는 경우도 있다. 세상에서는 이런 사람들을 어리석다고들 한다.

어리석다고 하는 것은 의식수준이 낮아서 상황판단을 잘 못한다는 것을 의미한다. 태어날 때부터 의식수준이 낮은 경우가 있는데 지렁이와 같은 미물이 이에 속한다. 사람도 미혹하게 태어난 경우가 있지만 대부분은 지나친 탐욕과 분노로 인하여 미혹하게 되고 결국 자신을 망치게 된다.

불가(佛家)에서는 탐욕, 분노, 어리석음 이 셋을 삼독심(三毒心)이라 하고 이를 죄의 근원으로 여기고 있다. 그중에서 탐욕과 분노는 어리석음 때문에 생기므로 어리석음을 다스리는 것이 큰 과제이다.

산다는 것은 남과 경쟁하는 것이며 경쟁에서 이겨야만 더 많은 것을 얻을 수 있다. 세상에서는 이것을 성공이라고 한다. 누구는 이렇게 말할 것이다. "탐욕과 분노를 없애버리면 경쟁사회에서 성공할 수 없다. 욕심이 없으면 목석과 같은데 그러면 이 세상에서 어떻게 살 수 있단 말인가?" 일부는 맞는 말이다. 여기서 탐욕이란 자기의 분수를 넘어서는 욕심을 말한다. 구하는 바가 정도(正度)를 넘어서면 이는 탐욕이다. 그러면 무리가 따르고 주변 사람들을 모두 적으로 만든다.

사실 이 세상을 살면서 탐욕을 내려놓기란 쉬운 일이 아니다. 생존에 필요한 것을 얻기 위해서 어느 정도 재물을 모아야 하고 권력도 필요하다. 문제는 어느 정도까지가 허용되고 그것을 넘어서면 탐욕인가 하는 점이다. 이를 판단하는 능력이 바로 지혜이다. 결국 분노와 탐욕이 사람을 어리석게 만들고 다시 어리석음이 탐욕과 분노를 야기한다. 이들은 서로 연계되어 꼬리를 물고 있다.

수행자는 어느 것(탐욕, 분노, 어리석음)이든 인식되면 바로 그 자리에서 알아차리고 이를 없애버려야 한다. 이것이 바로 수행이다. 탐욕이 일어나면 '이것이 탐욕이다' 하고 알아차리고, 분노가 생기면 '이것은 분노다' 하고 알아차린다. 이런 마음이 일어남을 알아차리는 것을 '마음 챙김'이라 한다. 마음 챙김을 오래하다 보면 분노와 탐욕심이 점차 소멸되고 있음을 알 수 있다.

아침 숲길을 걸으면서 내 자신을 뒤돌아본다. 혹시 분노와 욕심 때문에 눈이 멀지 않았는지 스스로를 챙겨본다. 때로는 지혜가 모자라서 먼 길을 돌아서 왔고 욕심 때문에 더 많은 이익을 취하려다 오히려 손해를 본 경우도 있었다. 그러니 이 정도로 살고 있음도 천만다행이다. 나아가서 내가 미물로 태어나지 않게 된 것만 해도 행운이라는 생각이 든다.

그렇다. 내가 미물 중생으로 태어나지 않게 된 것에 대하여 하늘에 감사드린다. 분노하지 않고 탐욕을 일으키지 말고 지혜롭게 살라는 가르침을 주신 성현(聖賢)에게 엎드려 절한다.

당신은 행복하십니까

    갈증으로 잠을 깨어 시계를 보니 새벽 2시경이다. 어제 농장 일을 많이 한 탓에 피곤해서 일찍 잠자리에 들었던 것 같다. 자리에서 일어나 책상 위에 놓인 법정스님의 책을 펼치니 문득 이런 제목이 눈에 들어왔다.

"당신은 행복한가?"

    지난 정초에는 어느 제자가 새해 인사를 한 후 이런 글을 남겼다. "교수님, 행복하세요!"

    오늘 새삼스럽게 행복이 무엇인가를 생각하고 나는 과연 행복한 가를 살펴보게 되었다.

"행복이란 무엇인가?"

"나는 과연 행복한가?"

뒤돌아보니 나는 내일 행복하기 위해서 오늘을 희생하면서 살아왔다. 평생을 보낸 교수 시절, 내일 강의를 위해서 밤늦게까지 연구를 해야 했다. 은퇴 후 농장에서는 오늘 모종을 심어야 내일 수확을 얻을 수 있었다. 가정에서는 자식의 미래를 위해서 오늘 공부시켜야 했다. 오늘의 희생 없이 좋은 결실을 기대할 수 없음은 당연하다. 그런 삶의 패턴이 60대 초반까지 계속되었다.

이런 삶의 방식은 생존을 위해 필수적인 것이었다. 청소년 시절, 경제적 문제로 학업을 계속하기가 어려웠다. 설상가상으로 건강이 여의치 않아서 하는 일마다 어긋났다. 그런 난국을 극복하려고 무진 애를 썼다. 그것은 가시덩굴을 헤치고 길을 만드는 것이었다. 누구나 말한다. 다시 살라 하면 그렇게는 못 산다고.

1960년대는 절대빈곤의 시대였고 1970년대는 도약하던 시기였다. 대한민국의 대다수 국민들이 내일을 위해서 오늘을 희생하며 살았고 그에 대한 보상도 어느 정도 받았다.

삶의 길이 어느 정도 닦여진 후에도 오직 그 길만을 열심히 달려와야만 했다. 1980년대에는 대학에서 강의 준비, 강의, 논문, 책 쓰기, 그리고 보직업무 등으로 항상 바쁘게 지냈다. 1990년에 유행했다는 서태지, HOT의 공연을 TV에서 본 기억이 없고 그들이 누구인지도 몰랐다.

왜 그렇게 열심히 살아야만 했는가? 내일의 행복을 위해서는 오늘 당연히 그렇게 살아야 했기 때문이었다. 이런 삶을 불평하지도 않았고 다른 길을 넘겨다보지도 않았다. 이 패턴은 대부분의 사람들이 걸어온 정상적인 길이었다. 이 길을 거절한다는 것은 이 세상에서 살기를 포기하는 것이었다.

숨 돌릴 틈도 없이 달려온 삶이었다. 사람마다 약간의 차이가 있겠지만 노력한 결과는 어느 정도 주어지기 마련이다. 이런 삶 가운데서 소소한 행복을 느꼈다. 가족들의 건강, 자식들의 성장과 성취 등이 하나씩 이루어질 때 행복했었다. 좋은 논문과 책을 써서 주변으로부터 인정을 받았을 때, 제자들로부터 존경의 인사를 받았을 때, 행복했었다. 그러나 이런 행복은 다분히 한시적이고 세속적이었다.

어느 날 문득 회의가 찾아왔다. '왜 이렇게 살아야 하는가?' 이제는 어느 정도 여유를 가지고 살아야겠다는 자각을 하게 되었다. 다행인 것은 내일을 위해서 오늘을 희생하지 않아도 되는 시기에 이른 것이다. 그것은 정년퇴직이었다. 퇴직 이후에는 한결 여유롭게 살 수 있는 여건이 주어졌다.

이제는 세속적 성취보다 한 차원 높은 삶을 사는 것이 행복하다는 것을 깨닫게 되었다. 그것은 고귀한 삶을 사신 성현들의 가르침을 통해서 희열을 체득했을 때였다. 부처님과 공자의 가르침을 공부하는 과정에서 문득 깨달음이 다가왔을 때 가슴은 환희심으로 충만했었다. 성현들의 가르침은 내 마음의 근원으로 돌아가는 길잡이 이다. 그 길을 따라서 수련하면 심연 깊은 곳 가까이에 이르게 되고 이때 환희와 행복함이 용솟음쳐 올라왔다. 이런 가르침을 통해서 얻은 희열의 근원에는 탐욕과 분노가 소멸되고 세상에 대한 사랑의 마음이 자리 잡고 있었다.

공자는 이를 극기복례(克己復禮)라 하셨다. 즉 자기의 애고를 극복하고 순수한 본래의 마음(本然之性)으로 돌아감을 뜻한다. 제자 안회가 "인(仁)이 무엇입니까?" 하고 물었을 때 공자가 일러주신 가르침이다.

산속에서 명상을 하면서 텅 빈 마음으로 하늘을 마주하게 되었을 때 무한한 행복감을 느낀다. 숲은 사람의 영혼을 투명하게 만들어준다. 이 순간에는 세상사에서 바라는 바 없고 누구를 탓하는 마음도 사라졌다. 마음이 청정해지니 적정(寂靜)의 경지가 찾아왔다. 이것은 불교에서 말하는 무심(無心)의 경지인 것 같다.

숲속에서 명상을 하고 있으면 마음이 더없이 고요해지는 순간 법신불(法身佛)의 바다에 푹 잠겨 있음을 느낄 때가 있다. 이런 날은 죽음이 두렵지 않고 생사로부터 초탈할 수 있으며 사랑의 감정이 충만해지니 마음이 여유로워지고 세상사를 모두 포용할 수 있을 것 같다. 순간 무한한 행복감이 저 깊은 곳으로부터 올라오고 있었다. 그렇다, 진정한 행복은 마음이 지극히 고요하고 텅 비었을 때 찾아왔다.

우리 삶의 목표는 무엇인가? 젊어서는 다분히 세속적인 것, 즉 부(富), 명예(名譽)가 목표였다. 나이가 들어가니 삶의 기준이 달라지기 시작했다. 내가 젊어서 추구했던 것들이 물거품에 지나지 않음을 알게 된 것이다. 물론 이런 것들이 삶을 위한 하나의 방편일 수는 있었지만 궁극의 목표가 될 수 없음이다.

인생의 궁극적인 목표는?
내 영혼의 근원으로 들어가는 것!

이는 내 삶을 한 차원 더 높은 경지로 승화시켜주는 것이다. 이런 경지에 이르려면 마음이 고요히 가라앉고 세상사의 생존경쟁에서 초월해야 한다. 이를 적정(寂靜)이라 한다. 요즘 이런 시간을 가진 날은 행복했었다. 그러나 바쁘거나 여러 가지 사정으로 그러하지 못한 날은 가슴이 허전하고 퇴보했다는 느낌이 든다.

이제 직장에서 퇴직하였고 세상사의 경쟁에서도 초연한 위치에 서게 되었다. 매일 1~2시간을 숲속에 앉아서 명상을 하고 일을 하면서도 길을 걸으면서도 명상을 하고 있다. 어묵동정(語黙動靜) 어느 때나 명상을 한다. 자연히 적정(寂靜)의 경지에 이르는 시간이 더욱 많아진다. 이때 심중이 자비심으로 충만해지고 사랑의 마음으로 세상을 바라보게 된다. 내 인생 후반부는 적정(寂靜)의 시간들로 채워지는 그런 삶을 살고자 한다.

농사일은 노동이 아니고 수행이다

새소리가 요란하다. 해가 저무니 새들이 대나무 숲으로 찾아들고 있다. 날이 저물면 낮 동안에 제각기 활동하다 온 가족이 다시 만나는 시간이다. 그들은 하루 종일 바쁘게 지내다가 저녁에 온 가족이 다시 모여서 그날 일어난 일을 얘기하며 따뜻한 시간을 보내고 있을 것이다.

어쩌면 이들은 내 이야기를 하고 있을지도 모른다. 어느 녀석이 말하기를 "적조당(寂照堂) 당주(堂主)가 밭일을 하더라." 또 한 녀석이 "개들과 매우 친하게 지내더라. 우리도 주인과 잘 지낼 수 있을까?" 부모가 말하기를, "시간이 지나면 우리도 그렇게 될 거야."

1월도 벌써 중순을 넘어섰고 2주 후면 설날이다. 요즘은 세월이 빠르게 흘러가는 것 같다. 이는 내 나이가 인생 후반부에 접어들었기 때문이리라. 그렇다. 나의 20대를 회상해보니 그때는 시간이 너무 느렸다. 빨리 대학을 졸업하고 취직을 해서 경제적 자립을 하고 싶었다. 이제 인생 후반기에 이르고 보니 세월이 쏜살같이 지나가고 있음을 실감하게 된다.

하루 일과를 끝내고 한가한 마음으로 월영정(月迎亭)에 앉아 짙어가는 낙조를 바라보고 있다. 사방이 오로지 고요하고 평안하다. 집으로 찾아드는 새 소리, 이웃에서 들려오는 개 짖는 소리 그리고 가끔 멀리서 자동차 소리만이 들려올 뿐이다.

오늘 낮에는 많은 일을 했다. 과일나무 가지치기를 해서 단으로 묶어 밭둑에 쌓아두었다. 이렇게 해두면 일 년 후에 땔나무로 쓸 수 있다. 겨울에 나무가 활동을 정지하고 있을 때 가지치기를 해주어야 나무가 상처를 적게 입고 다음 해 과실이 실하게 열린다. 자연의 삶이란 봄에는 꽃이 피고 여름에는 열매가 굵어지고 가을이면 잎이 지는 순환의 연속이다. 이런 순환이 제대로 되려면 여름에는 잡초를 정리해주고 겨울철에는 가지치기를 해주어야 한다.

혹자는 무위자연(無爲自然)을 말할지도 모른다. 그냥 내버려 두라고. 나도 그렇게 몇 년을 보냈다. 그 결과는 참담한 실패였다. 어린 과일나무는 잡초 숲에 눌리어 사라져 버렸고 채소밭은 병해충의 놀이터가 되었다. 과일나무는 가지치기를 하지 않으니 바람과 햇살이 들지 못해서 과일이 제대로 자라지 못하고 모두 땅에 떨어졌다.

몇 년 만에 두 손을 들고 말았다. 사람이 자연의 순환에 동참하려면 그만한 대가를 치러야 함을 비로소 깨닫게 되었다. 이것이 바로 농사일이다. 대부분의 사람들은 농사일을 싫어한다. 그래서 농촌에는 젊은이들이 모두 떠나고 노인들만 남아 있다. 나도 농사일을 하노라면 지치고 힘들 때가 한두 번이 아니었다.

오늘은 일과를 끝내고 짙어가는 저녁노을을 바라보며 산다는 것이 무엇인가를 생각해 보고 있다. 그렇다. 삶이란 그 무엇인가를 끊임없이 추구하는 것이다. 다만 그 무대는 연령에 따라서 달라져야 한다. 학자는 학문을, 기업인은 생산을, 공무원은 공직을, 농부는 농사일을, 시인은 시를 써야 한다. 다만 어느 것을 택하든 중단하지 않고 지속적으로 나아가야 한다. 이를 포기하거나 중단한다는 것은 인생 자체를 포기하는 것이다.

요즘 많은 사람들이 정년퇴직을 한 후에는 이제 할 일을 모두 마쳤다고 생각하는 경향이 있다. 그리고 창조가 없는 의미 없는 삶을 사는 것 같다. 이런 모습을 볼 때마다 안타까운 생각이 든다. 할 일을 모두 마쳤다고 생각하는 것은 인생을 다 살았다는 뜻이다. 정년퇴직 이전에는 가족의 생계를 위한 삶을 살아야 했다. 그러므로 자기가 진정으로 하고 싶었던 일을 포기하지 않을 수 없었다.

그러나 정년 이후는 자기가 하고 싶은 일을 할 수 있는 절호의 기회이다. 어떤 사람은 그림을 시작하고 또 음악을 하는 사람도 있다. 특히 문학작품을 열심히 쓰는 사람들이 많다. 이들은 몇 년마다 시, 수필, 소설을 써서 단행본으로 출간하고 있었다. 이들을 볼 적마다 인생 후반부를 참 멋있게 사는구나 하는 생각을 했다.

나는 대학교수라는 무대를 후배교수들에게 물려주고 새로운 무대를 찾아서 산촌으로 들어왔다. 퇴직 10여 년 전부터 산촌에 농장을 마련하고 제2의 삶을 준비했다. 퇴직 후에는 산방에서 농사일을 하면서 책을 읽고 글을 쓰며 살고 있다.

특히 내가 살고 있는 적조당(寂照堂)을 극락정토로 만들고 싶었다. 봄부터 가을까지 꽃이 피는 산방을 만들려고 갖가지 꽃나무 과일나무를 심고 가꾸어 왔다. 그 소원이 어느 정도 이루어져서 일 년 내내 꽃을 보는 소박한 즐거움을 누리고 있다. 나아가서 우리 가족이 먹을 정도의 채소와 과일은 손수 마련하고 있다. 이런 일이 비록 힘들고 지칠 때도 있지만 그것이 주는 행복감은 너무 크다.

농촌의 삶은 날마다 새날이다. 엄동설한임에도 앞마당의 목련은 봄을 준비하고 매화나무에도 꽃망울이 가득히 맺혀 있다. 곧 봄이 되면 새싹이 나고 꽃이 필 것이다. 여름에는 잎이 무성하더니 가을에는 과일이 익어가고 낙엽이 진다. 뒷산에도 사계절의 변화가 뚜렷하게 다가온다.

이런 삶 가운데 진정 하고 싶은 일은 영혼을 순수한 경지로 고양시키는 것이다. 아침저녁으로 경서(經書)를 읽고 낮에는 농사일을 하면서도 성현의 말씀을 화두(話頭)로 삼는다. 어제 깨달았던 가르침이 오늘은 새로운 의미로 다가온다.

오늘은 증자(曾子)의 가르침을 화두 삼아 하루를 보냈다. 증자(曾子)는 공자의 도(道)를 전수받은 제자이다[논어 학이편].

나는 매일 세 가지를 반성하노니
吾日三省吾身(오일삼성오신)하나니

다른 사람을 위해서 일을 함에

최선을 다하지 않는 것은 없었는가?

爲人謀而不忠乎(위인모이불충호)아

벗과 교류함에 신의를 어긴 적은 없는가?

與朋友交而不信乎(여붕우교이불신호)아

스승으로부터 배운 바를 다 익히지 못한 것은 없는가?

傳不習乎(전불습호)아

　오늘 하루는 이 구절을 되새기면서 밭에서 일을 했다. 그러기에 오늘 농사일은 노동이 아니고 수행이 되었다. 저녁 낙조를 바라보며 오늘 하루도 의미 있게 보냈는가를 돌아보고 있다.

제
2
장
: : :

인연

달이가 내 곁에 다가왔다

한밤중 현관에서 깽깽대는 소리가 들려왔다. '달이'가 갑자기 바뀐 환경에 불안해서 내는 소리이다. 어제 인근 공장 마당에서 놀던 강아지를 입양해 왔다. 이 녀석은 아마도 낯선 환경이 두렵고 불안했을 것이다. 산방에는 강아지가 3마리 있었는데 그중 두 마리가 불의의 사고와 병으로 우리 곁을 떠나고 '혜야' 혼자만 남아 있다. 혜야는 키가 20cm 정도 되는 작은 잡종 강아지이다. 혜야가 혼자서 외롭게 산방을 지키는 있는 모습이 애처롭고 집을 지키는 데도 한계가 있었다. 혼자 있으니 이웃에 사는 고양이조차 혜야를 무시해서 달려들곤 했다.

어디에서 혜야만 한 강아지를 입양했으면 했는데, 산방으로 오는 길옆 어느 공장 마당에 강아지 몇 마리가 놀고 있는 것이 눈에 띄었다. 회사에 들러 입양 의사를 밝혀 그중 수놈 한 마리를 분양받기로 했다.

어제 산방으로 오는 길에 예약한 녀석을 데리러 갔다. 어미는 이를 예감했는지 나를 보고 짖으며 경계를 했다. 공장직원이 예약한 녀석을 넘겨주기에 이를 받아 안고 어미에게 마지막 인사를 시키니 어느덧 태도가 약간 누그러졌다. 그녀는 본능적으로 아들이 좋은 집으로 입양되어 간다는 것을 알았나 보다. 그러나 어미와 자식 간의 정은 천륜인데 어찌 이별을 쉽게 받아들일 수 있었겠는가!

강아지를 안고 차에 오르려니 가슴이 아팠다. 그러나 모두 같이 살 수 없으니 어차피 헤어져야 한다면 좋은 곳으로 보내는 것이 어미에게는 최고의 선택일 것이다. 앞으로 우리 집에서 정을 붙이고 살게 된다면 한번쯤은 어미에게 데려가서 이렇게 잘 살고 있다는 것을 보여주려 한다.

이 녀석의 이름을 '달'이라고 지었다. 미국에 있는 아들이 지어 보내준 이름이다. 녀석은 크면서 인물이 달처럼 훤해졌다. 아울러 용맹하기까지 했다. 이 넓은 산방에 오로지 작은 강아지 둘만 있으니 용맹해야 집을 잘 지킬 수 있고 산짐승들에게도 휘둘리지 않을 것이다.

이 녀석이 처음 온 날, 현관 안에 자리를 마련하고 우유와 먹을 것을 주었지만 밤새 칭얼댔다. 아마도 어미의 품이 그립고 같이 태어난 형제들이 보고 싶었을 것이다. 무엇보다도 낯선 환경에 익숙하지 않아서 매우 불안했을 것이다. 나는 이 녀석을 꼭 끌어안고 나의 체온을 느끼게 해주었다. 그래야 마음의 평화를 얻을 수 있고 우리 가족과 공감대를 이루게 될 것이다. 이렇게 2~3일만 지나면 여기가 자기가 살 집임을 확신하게 될 것이며 누나가 될 혜야와도 친하게 지낼 것이다.

나는 이 녀석을 안고 하늘에 고했다.

"하늘이시여, 새 생명 달이가 우리 집 식구가 되었으니 부디 천명이 다할 때까지 건강하고 용감하게 살게 해 주십시오."

동네에서 새벽 닭소리가 들리는 것을 보니 곧 날이 새려나 보다. 녀석은 잠이 들었는지 칭얼대는 소리가 들리지 않는다. 이렇게 해서 달이는 우리 집에서 첫날을 맞이하게 되었다. 낮에는 달이를 잔디마당에 내어놓고 집 주변을 두루 살펴보게 하고 누나가 될 혜야에게 정식으로 인사를 시켰다. 녀석은 천방지축으로 정원을 뛰면서 좋아했다. 꼭 오래전부터 살아온 집인 양 빨리 적응했다. 혜야는 조그마한 강아지가 천방지축으로 설치는 것을 보고 웬 희한한 물건이 들어왔나 하고 당황해하더니 이내 동생처럼 데리고 놀았다.

달이와 우리 가족과의 인연은 이렇게 시작되었다. 달이는 1년, 2년이 지나면서 훤칠한 장부로 성장하더니 이제는 시리골 산방을 지키는 의젓한 주인이 되었다. 요즘 부산에 머물다 산방으로 오노라면 달이와 혜야가 보고 싶어 쉬지 않고 차를 달린다.

나는 달이를 키우면서 동물도 정이 들면 한 가족이 되고 사람 못지않게 일체감이 생김을 알게 되었다. 그는 우리 가족을 용케 알아차린다. 미국에 살고 있는 아들이 1년에 한 번꼴로 오지만 달이는 단번에 그가 우리 가족임을 알아차린다. 아마도 개를 키워본 사람들은 모두가 나와 같은 경험을 했을 것이다. 사람이 동물에게 사랑을 베풀지만 그들이 사람에게 주는 사랑도 이에 못지않다.

부산에 머무는 날, 몰운대공원으로 아침산책을 나가면 애완견을 데리고 나오는 사람들은 젊은 여자 혹은 어린이가 아니라 대부분 나이 든 분들이다. 아마도 노인들은 애완견을 통해서 노년의 외로움을 견뎌내고 있는 모양이다.

달이가 우리 가족이 되면서 산방은 더욱 활기에 넘치고 그가 주는 선선한 에너지는 농사일의 고단함을 씻어주고 있다. 전생에 무슨 인연이 있었기에 그가 우리 가족과 만나게 되었는지 모르지만 생각할수록 신기하다. 처음 그가 산방에 왔을 때, 조그마한 녀석이 천방지축으로 마당에서 뛰어놀던 모습을 생각하니 지금 이렇게 훤칠한 대장부로 자라준 것이 대견하다.

요즘 산방 생활에서 달이의 존재는 매우 중요하다. 특히 한밤중 인적이 적적한 산방에서 달이가 용감하게 집을 지켜주고 있기에 편안히 잠을 잘 수 있다. 산방의 밤은 뒷산에서 내려온 산짐승들의 소리로 시끌벅적하다. 이때 달이가 산을 향해 힘차게 짖는다. 가끔 내가 전등을 들고 나서면 용기가 백배하여 뒷산으로 돌진하기도 한다. 달이는 이렇게 산방의 주인의 행세를 하고 있다. 달이가 무탈하게 오래오래 살아서 우리 가족과의 인연이 지속되기를 기원한다.

개구리가 신방을 차리다

　뿌욱~ 뿌욱~ 앞마당에서 나지막하게 들려오는 소리이다. 4월 중순, 봄이라지만 금년은 유달리 찬바람이 거세게 불고 서리도 몇 번 내렸다. 매년 겪는 일이지만 살구나무는 꽃은 화려한데 열매가 맺지 못한 것은 서리가 내려서 꽃이 동해(凍害)를 입었기 때문이었다. 엊그제 심은 고추, 오이 등 모종도 추위에 바들바들 떨고 있어 보기에 애처롭다.

　그러기에 춘래불사춘(春來不似春)이라더니 봄이라지만 아직 봄 같지 않아서 아침저녁으로 두꺼운 옷을 입어야 하고 벽난로 불을 피워야 한다. 그런데 뿌욱~ 뿌욱 하는 저 소리는 어디서 누가 내는 것일까?

　마당으로 내려가 보니 엊그제 만든 연못 속에서 비단개구리 몇 마리가 내는 소리였다. 이들은 개골개골하지 않고 뿌욱 뿌욱 한다. 아! 연못을 만든 지 하루밖에 되지 않았는데 저 녀석들이 어떻게 알고 찾아왔을까? 신기하고 기특하다. 우리 집에서 100미터 거리에 작은 개울이 있는데 아마도 그곳에 사는 녀석들이 이곳의 물 냄새를 맡고 찾아온 모양이다. 사람 사는 곳에 이런 생물들이 찾아왔으니 반가운 일이 아닐 수 없다.

앞마당 정원에는 돌거북이 하나가 앉아 있다. 크기가 1.5미터쯤 된다. 정원을 만들다가 땅에서 나온 돌을 바로 앉혀 놓으니 꼭 거북이 형상 같다. 거북이는 물을 좋아하기에 그 앞에 작은 연못을 만들기로 했지만 엄두가 나지 않아서 몇 년을 미루어 왔다. 얼마 전 이웃집에 공사를 하러 온 포크레인이 터를 깊게 파 주어서 쉽게 연못을 만들 수 있었다. 산골의 개울물을 끌어다 채우고 연꽃과 수생식물 몇을 심었더니 아담한 연못이 완성되었다. 아마도 6~7월이 되면 연잎이 올라와서 수면을 덮고 부들이 자라면 잠자리가 알을 낳으니 모기도 없어질 것이다. 이렇게 각종 수생식물이 자라고 여기에 곤충들도 모여들 것을 기대했다.

그런데 연못을 만든 지 하루 만에 개구리가 먼저 찾아온 것이다. 우선 반가웠다. 사람 사는 곁에 생명체가 깃든다는 것은 기분 좋은 일이다. 이 녀석들이 이곳을 찾은 이유를 생각해봤다. 가장 큰 것은 물이 있음이다. 개울은 날이 가물면 물이 말라버리고 자연생태계가 소멸되니 개구리도 살 수 없다. 또한 천적인 뱀, 큰 새들이 개구리를 먹이로 삼으니 위험하다. 그들이 이곳을 삶의 터전으로 삼은 것은 우선 항상 물이 있고 사람과 개가 있으니 천적이 올 수 없다는 것을 천성으로 아는 것 같다.

이들과의 인연은 이렇게 시작되었다. 아직은 수생식물이 없어서 황량하지만 두어 달 후에는 연잎이 수면을 덮으니 그들이 쉴 만할 것이다. 그렇구나. 인연은 이렇게 만들어지는구나. 개구리가 살만한 환경을 만들어주니 그들이 내 곁을 찾아온 것이다. 조금 더 있으면 보다 큰 개구리도 올 것 같다. 그들은 소위 개굴개굴 소리를 내는 일반 개구리이다. 지난해에는 큰 두꺼비도 앞마당에서 살고 있었다. 곧 그 녀석도 이 연못 주변으로 찾아들 것이다. 연못 곁에 태양광으로 점등되는 LED 전등을 설치했다. 이 불빛을 보고 나방이 모여들고 이들이 밑으로 떨어지면 개구리와 두꺼비의 먹잇감이 된다.

우리 인생은 각종 인연들로 이루어진다. 그중에는 좋은 인연도 나쁜 인연도 있다. 인연이란 자신의 의지와 상관없이 저절로 생기기도 하지만 대부분은 자신이 만든 것이다. 나쁜 인연에 휩싸이지 않으려면 이들과 거리를 두어야 하고 좋은 인연은 가까이하고 만들어야 한다. 내가 연못을 만들지 않았다면 개구리가 찾아들지 않았을 것이다.

주변에 좋은 인연이 모여들게 하려면 내가 세상에 도움을 주는 사람이 되어야 한다. 연못이 있으면 모기가 생기듯이 악의적인 인연들이 나를 괴롭히는 경우도 있었다. 그래서 미꾸라지 몇 마리를 넣어 두었다. 또 부들을 심었으니 잠자리가 그 줄기에 알을 낳고 그들의 유충이 모기유충을 잡아먹을 것이다. 이렇게 해서 연못 주변에 좋은 인연들로 채워지고 있다.

　오늘 다시 연못 가까이 가니 이 녀석들이 벌써 신방을 차리고 있다. 천지만물은 음양(陰陽)으로 이루어지고 이들이 결합하여 만 생명을 생성시킨다. 연못으로 인해서 이런 생명체들이 모여들고 다시 여기서 유익한 창조가 이루어지고 있다. 이들의 후손이 대를 이어서 연못을 터전 삼아 나와 더불어 살아가기를 소망한다.

개구리가 무사하다

중년이 되면 누구나 은퇴 후 시골로 들어가서 그림 같은 집을 짓고 텃밭을 가꾸고 살고 싶어 한다. 나도 경치 좋은 산골에 터를 잡고 작은 짓고 마당에 작은 연못을 만들리라는 그런 꿈을 안고 살아왔다.

60대 초반이 되어서 밀양 종남산 자락에 우거(寓居)를 짓고 그동안 꿈꾸어 왔던 것을 일구기 시작했다. 마당에는 연못을 만들고 수련과 연꽃과 수초를 심었다. 새댁의 얼굴 같은 단아한 수련과 연꽃이 피었다.

내가 연못을 만들고 싶은 이유는 또 있었다. 남들이 보기에는 그림 같은 집을 짓고 야생화를 키우고 유기농채소를 가꾸는 삶이 좋아 보일지 모르지만 실상은 힘들고 지치게 마련이다. 특히 나와 같이 귀촌한 사람에게는 농사일은 중노동에 속한다. 이런 힘든 생활을 치유하기 위한 정신적인 안식처가 필요했다. 그래서 집 앞마당에 작은 연못을 만들었던 것이다.

어느 날 연못에 개구리 몇 마리가 들어와 살기 시작했다. 푸른 빛이 도는 큰 녀석과 작은 녀석 몇, 그리고 비단개구리 두세 마리였다. 이들이 여기에 연못이 있다는 것을 어떻게 알고 찾아왔는지 신기하고 반가웠다. 이들은 낮 동안에는 연잎 위에 올라앉아 쉬고 있다가 내가 가까이 다가가면 얼른 물속으로 숨어버린다. 특히 비단개구리는 밤이면 뿌욱, 뿌욱, 노래를 불러 내 마음을 흔들어놓기도 한다. 나는 이들로 인하여 시골생활에 작은 활력을 얻게 되었다.

그런데 이 평온한 연못에 큰 소동이 벌어졌다. 며칠 전, 앞마당을 산책할 때였다. 뱀 한 마리가 연못 쪽으로 다가오다가 나를 보고는 혼비백산해서 꽁지 빠지게 도망가고 있었다. 아마 연못의 개구리를 잡아먹으려고 산에서 내려온 모양이었다. 나는 막대기를 들고 뱀을 뒤쫓아 가서 야단을 쳤다.

"요놈, 여기는 네가 올 곳이 아니다. 다시 나타나면 크게 혼내 줄 것이니 그리 알아라."

뱀이 어찌 알고 이곳을 기웃거리는지 괘씸한 생각이 들었다. 문제는 언제까지나 연못 옆에 앉아 지키고 있을 수도 없으니 앞날이 걱정이었다. 나는 뱀이 사라진 곳을 향하여 부드러운 목소리로 타일렀다.

"애야! 부탁한다. 부디 우리 개구리를 건드리지 말아다오. 우리 같이 살자꾸나."

뱀이 내 말을 알아들었을지는 모르겠지만 진심으로 부탁했으니 내 마음이 그에게 전해지기를 바랄 뿐이다. 비록 말은 통하지 않는 미물이지만 같은 하늘 아래 이웃에서 살고 있는 생명들이기 때문이다. 그러나 만약 그들이 내 부탁을 들어주지 않고 몰래 와서 개구리를 덮친다 해도 나로서는 속수무책이다.

산과 가까운 곳에 살다보니 산짐승들, 특히 뒷산의 고라니와 멧돼지는 수시로 내려온다. 녀석들은 무지막지하게 농작물을 망쳐놓는다. 도시 사람들은 자연보호, 동물애호라고 하지만 당하는 농부들의 입장에서는 속이 상해서 미칠 지경이다.

우리 마을에도 밤이면 멧돼지가 내려와 이웃집 벼를 다 망가뜨리고 수확을 앞둔 고구마를 싹쓸이했다. 고라니는 콩과 도라지 어린 순을 몽땅 뜯어 먹어버렸다.

그런데 웬일인지 우리 집 농장은 예외였다. 고라니 똥은 밭이랑 사이 여기저기에서 보였지만 농작물을 크게 해코지한 적은 없었다. 왜 그럴까 생각해보니 마음에 짚이는 바가 있었다.

농장 주변에는 개에게 물려죽거나 사고로 죽은 산짐승들의 사체가 썩고 있는 것을 종종 볼 수 있다. 죽은 지 하루만 지나면 구더기들이 가득하다. 나는 이들을 수습하여 산속 양지바른 곳에 묻어주고 그 영혼을 천도해 주었다.

아마 이러한 이유로 산짐승들이 우리 농장에는 해코지를 하지 않는 게 아닐까. 이런 생각은 나의 억측인지도 모르겠지만 이를 믿고 싶다.

도시에서는 겪어보지 못할 이런저런 일을 경험하며 살다보니 시골에서의 삶은 저절로 자연과 동화된다. 개구리가 내 가족이 되고 고라니와 멧돼지가 이웃이 된다. 때로는 그들의 고통이 나의 아픔으로 고스란히 전해지기도 한다.

몇 년 전 겨울밤, 눈이 온 산을 덮었을 때, 뒷산에서 고라니가 배가 고파 우는 소리가 애처롭게 들려왔다. 밤새 그 소리를 듣고 있으려니 내 가슴이 너무 아팠다. 다음 날 시장에서 배추 한 포대를 구하여 산속 양지바른 곳에 두고 왔다.

엊그제 밤에도 전등을 들고 연못으로 가서 개구리들이 무사히 잘 있는 것을 보고 안심하고 돌아섰다. 아마도 뱀이 나의 부탁을 들어준 모양이다. 뒷산의 고라니가, 정원에 사는 두꺼비가, 험상궂은 말벌이, 그리고 연못 속 개구리들이 평안해야 내 마음도 편안해진다. 이들과 함께하면서 만 생명체는 같은 뿌리에서 나왔다는 일체동근(一切同根) 사상을 온몸으로 느끼고 있다.

저녁이면 뒷산에서 고라니 소리가 들리고 옆 산에서는 소쩍새가 노래한다. 요즘은 개구리 소리까지 들린다. 이 노랫소리는 사람이 만든 그 어떤 음악 못지않게 아름답고 정겹다. 오늘 밤에도 앞마당에서 개구리들이 목청껏 노래를 부르고 있다. 어디선가 저 노랫소리를 듣고 있을 그 녀석, 내 부탁을 듣고 두 번 다시는 개구리 곁을 찾아오지 않았을, 뱀 녀석에게도 내내 평화가 깃들기를 기원한다.

고라니 새끼를 가슴에 안고

　고라니 소리가 밤공기를 타고 산방 주변 산에 퍼지고 있다. 낮 동안에 헤어진 가족들을 찾는 소리인 것 같다. 우리 강아지들은 이미 고라니 소리에 익숙해져서 그냥 잠잠하다. 개들은 그들이 우리 가족에게 피해를 주지 않는 착한 동물임을 아는 모양이다.

　며칠 전 집 뒤 숲속에서 우리 강아지 혜야가 고라니 새끼를 앞에 두고 어르고 있었다. 나는 우리 개들을 물리치고 고라니 새끼를 품에 안았다. 태어난 지 며칠 되지 않은 갓난아기였다. 아마도 이곳에서 태어난 것 같았다. 가끔씩 혜야가 이곳으로 갔다 오곤 했는데 이제 보니 새끼 고라니를 보고 온 모양이다.

　왜 고라니가 우리 집 근처에서 새끼를 낳았을까? 그것은 깊은 산중에는 멧돼지, 오소리, 살쾡이 같은 포식자가 있어서 고라니가 새끼를 낳아 기르기에 부적합했기 때문이리라. 그래서 인기척이 있는 인가 근처에서 새끼를 낳으면 사람의 왕래가 잦고 우리 개가 짖으니 이들 포식자들이 가까이 올 수 없다고 판단한 것 같다.

만약 들개가 고라니 새끼의 존재를 알았다면 큰 사고가 발생했을 것이다. 요즘 몰려다니고 있는 야생 들개들이 농촌에서 많은 문제를 만들고 있다. 누군가가 키우던 개를 먼 동네 혹은 산에 버린 것이다. 이들은 자기들끼리 만나서 새끼를 낳아 가족을 이루고 산다. 그들은 온 동네를 휘젓고 다니며 닭을 잡아먹거나 고라니 새끼를 사냥하며 살아가고 있다. 우리 동네에도 5~7마리나 되는 들개들이 떼를 지어 다니고 있다.

어느 날 들개 한 마리가 비를 맞으면서 길가를 헤집으며 먹이를 찾고 있었다. 이들도 불쌍하고 가련한 존재들이다. 그들은 자기를 버린 주인을 얼마나 원망했을까! 우리 인간이 만물의 영장이라지만 자기에게 그렇게 충직하던 개를 버리다니 이는 사람이 할 짓이 아니다.

며칠 전 비 오는 날, 짐승이 울부짖는 소리가 들려 뛰쳐나가보니 야생 개들이 고라니 새끼를 포위해서 물어뜯고 있었다. 이들을 쫓아내고 고라니 새끼를 살펴보니 목에 상처가 나서 피가 흐르고 있었다. 어미 고라니가 근처에 있었지만 그들에게 당할 수 없으니 그저 바라만 보고 있었다. 그 어미의 심정이 어떠했을까 생각하니 가슴이 미어졌다.

몇 년 전 겨울 미국 서부 요세밋 국립공원에서 있었던 일이다. 그곳은 우리 집에서 2시간 거리에 있었기에 자주 찾던 곳이었다. 온 산하에 눈이 덮여 있는데 자그마한 사슴 한 쌍이 새끼 두 마리를 데리고 눈 속을 헤집으며 먹이를 찾고 있었다. 그런데 늑대 두 마리가 새끼 사슴을 노리며 5m 거리에서 뒤따라가고 있었다. 이때 아비 사슴이 큰 뿔로 늑대에게 달려드니 늑대들이 감히 접근을 못 했다. 늑대와 같은 맹수들은 사슴뿔에 상처를 입으면 치명상이 된다고 한다. 그래서 늑대가 사슴에게 함부로 달려들지 못하는 모양이다.

그러나 그 광경은 아슬아슬했다. 나는 등산용 스틱으로 늑대를 쫓아낼까 생각 중이었는데 갑자기 어느 백인부인이 지팡이를 휘두르면 늑대를 쫓아냈다. 이때 공원 레인저들이 달려와서 그 부인에게 야단을 쳤다. 그냥 내버려 두란다. 공원관리직원들은 이를 그냥 지켜볼 뿐 자연의 섭리에 맡겨두고 있었다.

만약 하늘이 우리나라에 살고 있는 고라니에게도 이런 뿔이라도 달아주었다면 자기 새끼가 애처롭게 죽어가는 모습을 그냥 지켜보고만 있지는 않을 것이다.

나는 들개들을 쫓아내고 상처 입은 고라니 새끼를 품에 안고 집으로 돌아왔다. 이때 들개들은 야속한 듯 나를 바라보고 있었다. 왜 자기들 먹거리를 빼앗아 가느냐고 하는 어이없는 표정이다. 그 모습이 오래도록 내 가슴에 남아 있었다.

그들에게도 먹이를 기다리는 자식 등 가족이 있을 것이다. 그러나 나는 약자 편을 들어주고 싶었다. 들개들이 사라질 저녁나절까지 고라니를 우리 집에서 보호한 후 산속에 놓아줄 생각이었다. 밖에는 비가 오고 있으니 우리 집에서 편안하게 휴식하면서 원기를 회복하기를 기대했다. 가까운 어디에선가 어미 고라니의 새끼 찾는 소리가 애처롭게 들려왔다.

얼마 후 고라니 새끼를 찾으니 그는 이미 싸늘하게 식어 있었다. 아마도 매우 놀라고 개한테 물린 상처가 심했던 모양이다. 나는 고라니 새끼를 품에 안고 망연자실한 채 한참 동안 넋을 놓고 앉아 있었다. 품에 안긴 새끼가 불쌍하고 새끼를 잃은 어미의 마음을 헤아리니 가슴이 저미었다. 오늘 내가 한 일이 잘한 일인지 분간이 되지 않는다.

고라니 새끼를 포장상자에 고이 싸서 가슴에 품고 뒷산으로 올라갔다. 어미를 그리는지 눈을 감지 못하고 있기에 두 눈을 쓰다듬어주니 스르르 감기었다. 나는 그의 머리를 쓰다듬으며 극락왕생을 기원했다. 그를 소나무 밑에 묻어주고 산길을 내려오는데 빗물이 하염없이 내 얼굴에 흘러내렸다.

미안하다, 대추나무야

　몇 년 전에 대추나무 몇 그루를 심었다. 이들은 생육이 빨라서 3~4년 후부터 열매가 열리기 시작했다. 이렇게 해서 매년 가을에는 대추를 한 자루씩 수확할 수 있었다. 특히 일하다가 갈증이 생기거나 허기를 느낄 때 잘 익은 대추를 2~3개 따먹으면 갈증이 해소되고 허기를 면할 수 있었다. 그 정도로 대추는 먹거리로써 훌륭한 과일이다.

　우리가 어릴 적에는 먹을 것이 참으로 귀했다. 이때 제사상에 올라온 대추와 밤은 어린이들에게 최고의 먹거리였다. 이런 추억을 가슴에 안고 산방에 대추나무 몇 그루를 심었다. 몇 년이 지나자 어릴 적에 그렇게 먹고 싶었던 대추를 마음껏 맛볼 수 있었다.

　그런데 지난 추석 때 고향에 갔더니 우리 집 대추보다 2~3배 더 굵은 것이 제사상에 올라와 있었다. 알고 보니 개량된 대추로 당도가 재래종보다 훨씬 높고 알이 굵어서 고향집에서는 모두 이 종자로 개량한다고 한다. 특히 가시가 없으니 수확하기가 훨씬 편하단다. 우리 농장에서도 개량종으로 교체하기로 했다. 며칠 전 묘목장에 가서 개량대추나무묘목을 구입했다.

어차피 종자개량을 할 계획이었으므로 기존의 대추나무 바로 곁에 새 묘목을 심었다. 1~2년 후에는 새 나무가 어느 정도 자라면 기존의 대추나무를 잘라버리기로 했다.

그로부터 2~3일이 지난 후 대추나무 곁을 지나가는데 문득 내 처사가 몰인정하고 가혹하다는 자책감이 들었다. 재래종 대추나무는 나와 함께 산방에서 산 지가 벌써 8여 년이 되었다. 그동안 매년 달고 싱싱한 대추를 선물해 주어서 가을이 풍요로웠다.

그런데 새 종자가 나왔다고 옛 정을 송두리째 잘라버리려고 하다니 이는 도리가 아니라는 생각이 들었다. 기존의 대추나무는 자기 곁에 새 묘목을 심는 것을 보고 1~2년 후에는 자기의 운명이 어떻게 될 것임을 알았을 것이다.

그들은 나를 매우 섭섭해 하고 괘씸하게 생각했을 것임에 틀림없다. 사람이나 식물이나 모두 의식이 있고 감정이 있는 생명체이다. 그러니 이들이 나의 의도를 알았음은 당연하다. 산골에 살다 보니 이를 확연히 알 수 있었다. 비록 말이 통하지 않고 이동하지 못하는 식물이라지만 그도 하늘로부터 천명을 받아 이 땅에 태어났다. 식물에게도 희로애락애구욕(喜怒哀樂愛懼慾)이라는 칠정(七情)이 있고 생존본능도 탁월함을 알 수 있다.

길가의 잡초는 꽃을 빨리 피운다. 자기의 운명을 예감하고 종자를 빨리 번식시키기 위함이다. 소나무도 위기가 닥치면 솔방울을 많이 맺어서 후손을 남기려 한다. 따라서 솔방울이 많이 열리면 그 소나무가 수명이 길지 않다는 신호임을 알아차려야 한다. 그러니 기존의 대추나무가 주인이 새로운 묘목을 자기 곁에 심는 것을 보고 이는 곧 자기를 없애버리려 한다는 것을 알게 되었을 것이다.

세상이 비록 눈앞의 이익을 중심으로 돌아가고 있다지만 그래도 신의는 가장 중요한 덕목이다. 오늘 아침 기존의 대추나무 곁에 심어둔 새 묘목을 뽑아서 다른 곳에 옮겨 심었다. 이렇게 하고 나니 마음이 한결 편해졌다. 그리고 기존의 대추나무에게 이렇게 말했다.

미안하다, 대추나무야!
너의 천명이 다하는 그날까지 나와 같이 살기로 하자.

오늘은 기존 대추나무의 터실터실한 껍질을 벗겨 주었다. 그 속에는 벌레가 기생하여 갉아먹고 결국 죽게 만들기 때문이다. 가지치기도 해주었다. 이렇게 손질을 해주니 대추나무가 한결 훤칠하게 보인다. 아마도 금년에는 달고 싱싱한 대추가 많이 열릴 것 같다. 올 가을이 기다려진다.

꿀벌이 들어왔다

시리골에 농장을 마련한 후 산방을 짓고 과일나무를 심고 채소를 가꾸며 산 지 10여 년이 되었다. 그동안 산골에 살면서 하고 싶은 것을 많이 실천했지만 아직 못해본 것이 서너 가지 있는데 그중의 하나가 양봉이었다. 즉 전원생활의 버킷리스트인 셈이다.

지난해 봄, 무식한 것이 용기라는 말이 있듯이 무턱대고 꿀벌 2통을 들였다. 여러 곳에 발품을 팔아 양봉지식을 체득해서 기적처럼 꿀 10여 병을 얻었다. 기적이란 내가 꿀을 생산한다는 것이 믿어지지 않았기 때문이다. 그러나 여름 동안 말벌의 공격으로부터 벌을 지키기 위해서 고군분투했다. 이렇게 여름이 지나고 겨울이 왔다.

그해 겨울은 유난히 추웠다. 나는 주변의 가르침을 참고로 벌통 주변에 월동준비를 철저히 했다. 그러나 겨울이 지나고 벌통을 열어보니 그들은 모두 얼어 죽고 말았다. 내 불찰로 벌들이 수난을 당했다고 생각하니 벌통 곁을 지날 때마다 죽은 벌들에게 죄스런 마음으로 가슴이 아팠다. 이렇게 겨울이 가고 다시 봄이 왔다.

금년 봄, 산방에는 참 많은 꽃이 피었다. 유채꽃이 만발하고 복숭아, 살구, 벚꽃이 만발했다. 그러나 나는 새 벌통을 들일 생각을 전혀 하지 않았다. 빈 벌통을 치울 의욕도 없었다. 지난겨울의 충격이 너무 컸기 때문이다. 금년은 이렇게 쉬기로 했다.

그런데 어디서 왔는지 많은 벌들이 우리 농장 꽃밭에서 꿀을 채취하고 있었다. 이들은 지난겨울에 동사한 우리 집 벌들이 환생한 것이라고 생각했다. 우리 벌의 죽음에 대한 속죄라도 하듯이 이들이 우리 농장에서 꿀을 많이 따가기를 진심으로 바랐다. 이렇게 봄이 거의 끝나가고 초여름의 문턱에 들어섰다.

며칠 만에 늦은 밤 산방에 도착해서 짐을 풀어놓은 후 전등을 들고 농장 주변을 한 바퀴 둘러보았다. 채소밭도 살펴보고 과일나무도 둘러보면서 그들에게 내가 왔음을 알리었다. 그들은 나의 발걸음 소리를 듣고 평온을 얻을 것이라 믿고 있었다. 그런데 무의식적으로 빈 벌통 곁을 지나가고 있는데 윙윙 하는 소리가 들려왔다. 전등으로 비춰보니 버려둔 벌통 입구에 벌 몇 마리가 드나들고 있었다. 순간 머리가 하얗게 변하는 것 같았다. 다음 날 아침, 벌통을 열어보니 벌들이 한 통 가득 차 있었다.

흥분되는 마음을 진정시키고 조용히 벌통 주변을 살펴보니 벌들이 우리 집으로 살러 들어온 것이 분명했다. 나도 모르게 두 손을 합장하고 하늘에 감사했다. 우선 영물인 벌들이 우리 집을 살 곳으로 선택해준 것이 고마웠고 지난해 죽은 벌들에게 진 빚을 갚게 되었다는 안도감도 일어났다.

나는 이들을 환영하는 행사로 설탕물을 가득 부어주었다. 지금은 아카시아 꽃은 다 지고 없으니 식량을 구하기 어려울 때이다. 좀 더 있으면 밤꽃이 필 것이다. 그때까지 그들이 먹을 식량이 필요하다.

나는 요즘 우리 집이 풍수가 좋은 명당이라고 과장된 소문을 내고 다닌다. 청결하고 영특한 벌이 스스로 들어와서 집을 차지했으니 여기가 명당임이 분명하다. 다른 사람들은 신기해하면서도 동의하기 어렵다는 표정이지만 나는 그렇게 우기고 있다.

우리 집으로 살러 들어 온 벌들을 생각하니 고맙고 가슴이 벅차다. 이제는 양봉에 대한 공부를 많이 해서 벌들이 안전하게 살 수 있도록 해줄 작정이다. 이들이 이곳에서 많은 새끼를 치고 가족을 많이 불리어서 나와 같이 오래오래 살아주기 바란다.

생물은 사람 가까이 살고 싶어 한다

산방에 늦은 봄비가 하염없이 내리고 있다. 지난주에 심은 채소 모종들이 이번 비로 많이 자랄 것이다. 농촌에서는 일주일에 한 번꼴로 비가 오는 것이 좋다. 다행히 금년 봄은 이런 주기로 비가 내려주어서 물 걱정 없이 채소를 가꾸고 있다.

농장을 한 바퀴 둘러보았다. 먼저 채소밭에 들러 고추와 오이 그리고 토마토 모종들이 잘 자라고 있는지 살폈다. 이들은 지난주 보다 10~20cm 정도 더 자란 것 같다. 오늘은 비바람에 잘 견딜 수 있도록 지주대를 세워주었다.

둔덕에는 초롱꽃, 달맞이꽃 등이 군락을 이루어 만개하고 있다. 이들은 생육을 잘 해서 잡초를 이겨낸다. 올여름에는 이들을 농장 길 양편에 옮겨 심을 예정이다. 그러면 농장 주변이 한층 운치가 있을 것 같다.

과일나무밭에도 가보았다. 산방에는 매실, 자두, 감, 대추 등 과일나무가 있다. 씨앗도 추려주고 병충해도 방제하였으니 금년에는 좋은 결과가 있을 것이다. 자두는 지난 몇 년 동안 한 번도 제대로 따 먹은 적이 없다. 수확기가 되기 전에 탄저병으로 모두 썩어버렸기 때문이다. 그런데 금년에는 방제 덕분에 알이 실하고 튼튼해서 기대해도 될 것 같다. 과일나무를 쓰다듬으며 내 기운을 받아서 병충해에 잘 견디라고 축원해주었다.

산방에 살면서 매일 아침 이렇게 농작물들을 둘러보는 것이 일과이다. 밤사이에 무슨 변고가 있었을까 마는 그래도 안부가 궁금해서 점검을 하고 나면 마음이 편안해진다. 농작물도 희로애락(喜怒哀樂)을 느끼는 생물이니 사람이 애정을 가지고 보살펴주면 정서적으로 안정되어 병충해도 이겨내고 더 잘 자란다고 한다. 아마도 식물은 소리와 향기로써 주인을 알아보는 것 같다. 이런 말이 있다. "농작물은 주인의 발자국소리를 듣고 자란다고." 농장 한편에 양봉을 하고 있는데 벌들은 나를 알아보고 웬만해서는 쏘지 않는다. 그들은 냄새를 통해서 주인을 알아차린다고 한다.

산방 남쪽 앞마당에는 꽃 피는 나무가 몇 그루 있는데 모두들 남쪽보다 북쪽의 집을 바라보고 있다. 태양빛을 많이 받으려면 남쪽을 향하는 것이 당연한데 아마도 사람의 기운을 많이 받으려고 집이 있는 북쪽으로 가지를 뻗는 것 같다. 지난 몇 년 동안 농사를 지으면서 경험해보니 이것은 사실이라는 확신이 든다.

몇 년 전 대학에 재직하고 있을 때 일이다. 스승의 날 제자가 감사의 표시로 붉은 카네이션을 선물로 가져왔다. 그것은 작은 화분에 심어져 있는 살아있는 카네이션이었다. 제자의 정성이 고마워서 산방에 가져다 집 바로 옆에 심었더니 포기가 엄청나게 불어났다. 기회다 싶어서 이를 조금 멀리 있는 기름진 밭이랑에 옮겨 심었다.

더 좋은 환경에 심었으니 내년에는 많은 카네이션 꽃을 볼 수 있겠다는 기대를 했다. 그런데 그해 가을에 보니 카네이션은 잡초 속에 묻혀 사라져 버렸다. 만약 원래 있던 곳에 그냥 두었더라면 아침저녁 내 발자국소리를 들으면서 왕성하게 자랐을 터인데 하는 후회가 밀려왔다.

우리 집 강아지도 자기 집을 두고 우리 가족의 음성이 들리는 거실 앞에서 자고 싶어 한다. 그래야 마음이 편안한 모양이다. 동물도 식물도 사람과 감정적으로 소통해야 정서적으로 안정되는 것 같다. 동식물이 그러할 진데 하물며 사람과의 관계는 더 할 것이다. 만약 내가 좋은 마음을 품는다면 좋은 기운이 주변 사람들에게 퍼져서 그 사람도 나에게 좋은 감정으로 대할 것이다. 이런 일이 확산되면 이 지구는 보다 나은 세상이 될 것이다. 반대로 나쁜 마음을 가진다면 나쁜 기운이 퍼져서 세상이 더 어려워질 것임에 틀림없다.

가끔 지하철을 탈 때마다 차 안의 승객들을 둘러본다. 대부분 무표정한 모습으로 휴대폰을 만지기에 여념이 없다. 사람들의 표정이 보다 밝았으면 좋겠다는 것이 나의 바람이다. 비록 같은 객차 안에서 잠시 동안의 인연이지만 나는 이들에게 밝은 기운을 보낸다. 그러면 그만큼 이 세상이 밝아질 것이라고 믿고 있다.

비가 오는 농장을 거닐면서 여생 동안 좋은 기운을 주변에 많이 전파시켜야겠다는 다짐을 해본다.

느림의 행복

　오랜만에 대구에 갈 일이 생겼다. 은사님에게 새해 인사를 드리려고 대구를 방문하기로 한 것이다. 기차표를 예매하려는데 왠지 KTX(고속열차)보다 새마을호에 관심이 갔다. 소요시간을 보니 부산에서 동대구역까지 KTX는 40분, 새마을호는 1시간 20분이다. 새마을호가 두 배 더 소요되지만 특별히 바쁜 일정도 없으니 느긋하게 가기로 했다.

　아침 9시경에 부산역을 출발해서 구포, 삼랑진을 거쳐서 대구로 갔다. KTX를 타면 상당 부분 터널을 통과해야 하고 열차 내 좌석 간격이 좁아서 불편하지만 새마을호는 좌석이 넓고 낙동강변의 산하를 달리기 때문에 지루한 줄 몰랐다.

　따뜻한 커피를 마시면서 느긋한 마음으로 스쳐지나가는 산천풍경을 감상하고 있으니 마음이 한가롭다. 이 철로를 타고 부산, 대구, 서울을 다니던 옛 일들이 생각난다.

우리나라의 성장이 철도의 발전과 비례한 것 같다. 뒤돌아보니 60년대 말 대구에서 서울까지 통일호를 타고 가는데 최소한 8시간이 소요되었다. 차표를 구하지 못해서 안절부절 했었고 때로는 입석으로 긴 시간을 서서 가기도 했다. 그 후 새마을호가 생기면서 통일호는 서민용으로 새마을호는 부유층의 전용물로 인식되던 때도 있었다. 그 후 KTX가 생기면서 새마을호는 서민용으로 격하되었다.

요즘은 KTX가 생겨서 서울까지 가는데 2시간 조금 더 걸린다. 그러나 부산–대구 사이에는 새마을호를 탄다고 해도 크게 시간에 구애받지 않는다. 열차의 속도가 느리니 차 안에 있는 사람들의 모습에서도 느긋함이 엿보인다. 열차는 국내기업체에서 최근에 제작한 것이라서 그런지 무척 깨끗하다.

겨울햇살이 차창을 통해서 들어와 내 얼굴을 쓰다듬고 있다. 마음이 느긋해지니 세상사가 다 좋게 보이고 문득 그리운 사람이 생각나기도 한다. 대학시절 유가(儒家)의 경전들을 배웠던 은사님께서 홀로 사시기에 안부가 궁금하여 전화를 해도 받지 않는다. 갖가지 생각이 연이어 떠오른다. 혹시 편찮으셔서 병원에 계시는 것은 아닌지 걱정되었다. 대학원 시절 교수의 길을 이끌어주신 서울의 은사님이 생각나서 가끔 안부 전화를 드리고 편안하심을 확인하면 마음이 놓인다.

나도 가끔씩 제자로부터 안부 전화를 받으면 매우 반갑고 고마웠다. 이런 전화를 받을 때마다 나도 스승님에게 자주 안부 전화를 드려야겠다는 생각을 했다. 스승님들은 80대 중반을 훨씬 넘으

셨으니 건강하신지 염려된다.

열차가 구포를 지나면서 낙동강과 나란히 달리게 되었다. 낙동강은 언제 보아도 편안하고 여유롭다. 강가에는 엷은 얼음이 얼었고 그 사이로 오리 몇 마리가 한가롭게 헤엄치고 있다. 전임 대통령이 애써 노력해 이룩한 강변정리로 풍광이 무척 아름답다. 특히 강변을 끼고 자전거도로가 그림처럼 연결되어 있다.

올 봄에는 자전거를 타고 삼랑진까지 저 길을 달려보리라. 달리다 지치면 강변에 누워 쉬었다 가리다. 그때쯤이면 벚꽃이 만발하겠지. 벚나무 밑에 누워 꽃잎이 내 얼굴 위로 떨어지는 것을 상상하니 신선(神仙)이라도 될 듯하다. 그렇다. 죽어서 신선이 아니라 현세에 살아있는 신선으로 살고 싶다.

열차가 삼랑진을 지나면서 강변풍경은 사라지고 산 밑에 옹기종기 마을을 이루고 있는 모습이 차창을 스쳐지나간다. 응달에는 엊그제 내린 잔설이 있는 것을 보니 아직은 날씨가 추운 모양이다. 이런 날은 집집마다 난방을 따뜻하게 하고 방안에서 오순도순 지내고 있으리라.

청도를 지나면서 산비탈에 퇴비 포대가 쌓인 감나무 밭이 보인다. 가을이 되면 황금빛 감이 주렁주렁 달린 감나무가 집집마다 가득한 모습을 볼 수 있어서 참 좋았다. 청도 하면 씨 없는 감이 유명하다. 왜 그런지 생태학적으로 증명된 바를 듣지 못했지만 대부분의 청도 사람들이 지역 풍토 때문이라고들 한다. 금년 가을에는 어느 마을 감나무 아래 누워서 파란 하늘을 바라보며 낮잠을 자고 오리다. 차창에 비춰지는 풍광을 보면서 행복한 상상을 하노라니 열차는 어느덧 동대구역에 들어서고 있다.

오랜만에 기차 속에서 옛 생각에 젖어보고 금년 중으로 하고 싶은 몇 가지 일을 계획하게 되었다. 자전거를 타고 낙동강 변을 따라 달려보리라는 계획도 세웠다. 가다가 지치면 강변에 앉아 쉬었다 가리라. 만약 내가 고속열차를 탔더라면 목적지인 대구에는 좀 더 빨리 도착했겠지만 이런 느림의 행복을 누릴 수 없었을 것이다.

이번 일을 계기로 앞으로 좀 더 느긋하게 살아야겠다는 다짐을 했다. 약속장소에는 가급적 좀 더 일찍 출발하기로 하자. 그러면 시간이 쫓기지 않으니 가는 길에 책을 읽거나 사색을 할 수 있을 것이다. 목적지에서 일어날 일에 대해서 너무 큰 기대를 하지 말고 최소한의 성과만으로 만족하자.

돌아오는 길에 서점에 들러서 느긋하게 책 구경을 하고 마음에 짚이는 책을 구입해서 읽기로 하자. 느리게 살아가는 삶의 행복을 이제야 터득하다니 나는 철이 참 늦게 든 모양이다.

말벌과 맺은 약속

초가을 벌초 때가 되면 말벌에 쏘여서 사고를 당한 일들이 뉴스에 종종 등장한다. 세상에서 가장 흉측하게 생기고 무서운 생물 중의 하나가 말벌이다. 이 독한 말벌의 독이 약이 된다고 해서 이들을 포획하러 다니는 전문업도 있는 모양이다. 이들도 말벌집을 채취하는 과정에서 혼비백산하는 경우를 TV에서 종종 보곤 했다. 어떤 경우이든 말벌을 좋아하는 사람은 거의 없을 것이다.

내 거처인 적조당(寂照堂)은 산 밑에 자리한 관계로 산속에 사는 여러 가지 생물들과 접촉하게 된다. 그중의 하나가 바로 말벌이다. 가끔 커다란 말벌집이 나무 높이 달려있는 것을 보기도 했다. 이들은 사람이 자기들을 공격하지 않으면 사람을 해치지 않는다. 그러나 뜻하지 않게 이들 집을 건드리는 경우가 있는데 이때 문제가 발생한다.

산방에서 10여 년을 살다보니 드디어 말벌과 마주치는 일이 발생했다. 어느 날, 뒤 처마 밑에 어른 밥그릇만 한 말벌집을 발견한 것이다. 자세히 들여다보니 흉측하게 생긴 말벌들이 우글거리고 있었다. 어떻게 할까 잠시 생각하니 이들을 쫓아내는 여러 가지 방법들이 떠올랐다. 불로 태우거나 농약을 살포해서 이들을 박멸하는 방법이 있지만 만에 하나라도 살아남는다면 상당한 위험을 감수해야 한다. 결국 119에 신고하는 수밖에 없을 것 같았다.

그러나 비록 흉측하게 생긴 생물이긴 해도 우리 집에서 새끼를 키우고 있는데 무지막지하게 쫓아낼 수는 없는 노릇이다. 특히 어린 새끼들을 함부로 죽인다는 것은 차마 못할 짓이다. 그러나 가족들이 알면 놀랄까봐 말벌에 대한 것은 비밀로 붙이고 그들과 협상을 시도했다.

"애들아, 한 달의 시한을 줄 터이니 좋은 곳으로 이사 가거라."

그러나 그들은 약속기한이 지났음에도 그대로 살고 있었다. 나로서는 다른 도리가 없었다. 하는 수 없이 다시 한 달의 말미를 더 주었다. 만약 그때까지 이사 가지 않으면 혼내주겠다고 엄포를 놓았지만 사실 별다른 방법이 없었다. 그렇다고 지금 당장 피해도 없는데 이들을 박멸한다는 것은 도리가 아니라는 생각이 들었다.

그 후 별 기대하지도 않았고 잊어버리고 있었는데 어느 날 문득 생각나서 말벌집을 찾으니 이들은 이사를 가고 빈 집만 남아 있었다. '아! 그들이 나와의 약속을 지켰구나.' 나도 모르게 합장하고 그들을 향해 고맙다는 인사를 했다. 지금은 어디서 살고 있는지 모르지만 가족들 잘 간수하여 행복하게 살라고 기도했다.

그 후 나는 사람들에게 "말벌이 나와의 약속을 지켰다."라고 자랑하곤 했다. 진실이 무엇인지는 모르지만 그들은 새끼를 다 키운 후 숲속으로 돌아간 것은 분명했다. 고맙게도 그들은 나에게 업(業)을 짓지 않는 선행을 베풀어 준 셈이다.

세상살이에서 인간은 인간끼리, 혹은 다른 생명체와 부딪히면서 살아간다. 이런 생존경쟁은 이 지구상에 생명체가 존재하는 한 없어지지 않을 것이다. 이 경쟁에서 나에게 큰 피해가 없다면 작은 양보를 하는 것이 서로에게 좋은 일이다.

산촌에 들어와 살다보니 인간관계뿐만 아니라 자연생태계와도 문제가 생긴다. 잡초가 무성하면 사람 사는 공간이 온전하지 못하고 농작물에 병충해가 생기면 농약을 거부할 수 없다.

이제 말벌까지 등장하여 문제를 일으킨다. 말벌이 어째서 흉측한 모습으로 태어난 것인지 알 수 없지만 그들도 하늘로부터 천명을 받아 이 세상에 온 것은 사실이다. 다만 그들이 무지해서 사람들을 공격하는 것이 문제일 뿐이다.

우리 집에서 한여름을 난 말벌들이 지금은 어느 곳에서 살고 있는지 모르지만 이들에게도 지혜가 생겨서 다른 생명체들과 공생하는 날이 왔으면 좋겠다.

벌통의 사바세계

4일 만에 산방으로 돌아와서 농장을 한 바퀴 돌아보았다. 채소밭에는 가을채소 배추, 무가 별 탈 없이 잘 자라고 있는지, 대추, 감나무는 별 탈이 없는지 살펴보는 것이 일과이다. 마지막으로 양봉장에 들러서 벌들이 무사한지 살펴본다.

그런데 오늘 벌통 입구에는 벌 수십 마리가 죽어 있었다. 맥이 탁 풀리고 망연자실했다. 내가 무엇을 잘못해서 그들이 죽게 하였는가 하는 자책감이 들고 이제는 양봉을 그만두어야겠다는 자포자기(自暴自棄)하는 생각도 일어났다.

이들은 작년과 금년에 우리 집이 좋아서 스스로 찾아들어온 벌들이다. 시리골 산방의 풍수가 좋아서 벌들이 살러 온 것이라 좋아했는데 이런 참혹한 결과를 맞았으니 낙심이 클 수밖에 없었다.

원인이 무엇일까 아무리 생각해봐도 오리무중이다. 진드기 때문인가 혹은 내가 모르는 다른 병 때문인가 하는 온갖 것들을 추측

해 봤다. 그런데 다음 날 아침 벌통에 가보니 어른 손가락 두 마디만 한 장수왕벌 2마리가 폭격기 마냥 험상궂은 모습으로 비행하면서 벌통 입구를 내려다보고 있었다. 이 녀석은 벌통 입구에 앉아서 30분 내로 벌통 하나를 모조리 죽여 없애는 무시무시한 종자이다. 우리 벌들이 가족을 지키려고 대항하다가 참혹한 죽음을 당한 것이다.

보통 말벌은 집벌을 한 마리씩 잡아서 자기 집으로 가져가서 새끼들을 키운다고 한다. 이런 말벌은 큰 피해를 주지 않는다. 그런데 장수말벌은 아무런 이유 없이 벌통 입구를 지키고 앉아서 집벌을 몽땅 죽여 버린다.

그것도 먹이 경쟁에서 일어난 일이 아니라 그냥 벌통 입구에 앉아서 나오는 집벌들을 족족 죽여 버리는 아주 고약한 놈이다. 이 녀석은 천성이 악당으로 태어난 모양이다. 이 세상에는 실수로 잘못을 저지르는 경우는 그래도 용서가 되지만 고의적으로 그런 악행을 하는 것은 당연히 응징해야 한다.

양봉교육에서 배운 방법으로 말벌을 퇴치키로 했다. 우선 찍찍이를 벌통 위에 펼쳐놓고 파리채로 장수말벌 두 마리를 잡아서여기에 붙여놓았다. 신기하게도 장수말벌은 동포애가 매우 강해서 찍찍이에 붙은 자기 동족을 구하려고 덤벼들다가 그도 함께들러붙게 된다. 작년에 이 기술을 반신반의하면서 실시해 봤는데 대성공을 거두었다. 그때 장수말벌은 완전히 박멸했다고 생각했는데 금년 가을에 다시 나타났다.

이번에도 이렇게 해서 첫날 20여 마리가 달라붙었다. 우선 우리 벌들을 살릴 수 있다는 안도감에 만세라고 부르고 싶었다. 이 녀석들의 처사가 너무 괘씸해서 이렇게 해서라도 혼을 내주는 것은 너무도 당연했다.

하루에도 여러 번 벌통에 가서 이번에는 말벌 몇 마리가 붙었는가를 살펴보곤 했다. 갈 적마다 끈끈이에 달려 붙은 말벌들이 몸부림치고 있는 모습을 보게 된다. 처음에는 괘씸해서 이 녀석들 혼 좀 나봐라 하고 쾌재를 부렸는데 자꾸 보니 측은한 마음이 일어난다. 탈출하려고 몸부림치는 그 모습이 애처롭고 동포를 구하러 온 동지애가 대견했다. 그렇다고 이 녀석들을 그냥 내버려 두면 우리 벌들이 몽땅 죽어난다.

그렇다. 살려고 저렇게 몸부림치는 말벌에게 이것은 분명 지옥이다. 자기가 더 흉악한 일을 저질러 놓고도 그 업보로 이런 형벌을 받는 줄 아는지 모르겠다. 왜 이유 없이 집벌을 그냥 초토화시키는지 알 수 없지만 이것은 분명 잘못된 일이다.

문제는 내가 집벌과 말벌의 싸움에 끼어든 것이다. 차라리 양봉을 하지 않았다면 이런 꼴을 보지 않았을 것을! 아무리 양보해도 이들을 그냥 둘 수는 없는 노릇이다. 그러나 몸부림치며 죽어가는 그들을 바라보고 있으니 이것도 할 짓이 아니라는 자괴감이 머리를 어지럽게 했다. 문득 노자(老子)에게 호소했다.

"선생님! 당신이라면 어떻게 하시렵니까?"

집벌과 말벌 그리고 나, 이 관계는 분명 사바세계이다. 만약 내가 양봉을 하지 않았더라도 이 벌들은 산속 어디에선가 집을 짓고 살다가 말벌들에게 전멸당했을 것이다. 그러면 과일나무, 채소 등에서 꽃이 수정되지 못해서 자연 생태계가 그대로 무너져 내린다.

그렇다. 이 세상에는 어떤 이유를 갖다 붙인다 해도 나쁜 놈은 분명히 있다. 곤충세계에서는 말벌이 그러하고, 우리 인간에게는 그런 종족이 있다. 항상 그들은 남의 영토를 넘보고 전쟁을 일삼는다. 현세에도 전쟁을 일으켜 같은 동포 수백만을 죽게 만들었다. 그러나 한마디 반성도 후회함도 없고 사과도 없었다. 그들에게 이성적인 대화나 해결책을 기대해서는 안 될 것 같다. 말벌에게도 타이르고 혼내주었지만 끝내 자기들 습성대로 하고 있다.

말벌에게 필요한 것은 몽둥이를 드는 것이다. 그러자니 나도 똑같은 존재가 될 판이다. 그렇구나. 이 세상은 사바세계이다. 어디서 무엇을 하더라도 항상 분쟁이 있고 혼란이 있다. 그렇다면 이 세상을 어떻게 살아야 하는가?

중국의 고대에 성군(聖君) 요임금이 계셨다. 성군(聖君)이란 성인(聖人)이시면서 군왕(君王)이 되어 만백성을 자비로 보살피시는 분을 말한다. 요임금께서는 서북방 오랑캐가 쳐들어왔을 때 그들을 내치면서 많은 인명을 살상했다. 그러나 요임금께서 쳐들어온 적을 물리쳐야 했지만 그렇다고 화를 내지 않았다. 이는 무심(無心)의 경지에 이르렀음을 말해주는 것이다.

나는 아직 완전한 무심(無心)에는 이르지는 못했지만 이제부터 화를 내지 않고 초연히 말벌들을 내치기로 했다. 이것은 쉬운 일은 아닐 것이다. 그동안 벌통에 가서 장수말벌을 만나면 이성을 잃고 빗자루를 휘두르곤 했다. 그러나 이제는 화를 가라앉히고 차분히 말벌을 내치기로 하자.

찍찍이에 붙어서 탈출하려고 몸부림치는 그들을 보고 고소해할 것이 아니라 그런 성품으로 태어난 말벌을 측은지심(惻隱之心)으로 바라보자. 그들을 잡아 죽이지만 그들의 극락왕생을 기원하자. 다음 생에는 좋은 곳에 태어나서 좋은 일만 하라고 기도하자. 이것이 내가 사바세계에서 살아가는 비결이다.

유기견 나도야가 그립다

'나도야'! 생각만 해도 가슴이 저미고 눈물이 난다. 그는 우리 집에서 3개월간 비주류로 살다 어느 날 흔적도 없이 사라진 유기견이다. 나는 그가 어디서 왔으며 어떻게 사라졌는지 모른다. 최선의 추론은 옛 주인이 찾아와 데려갔거나 스스로 옛집을 찾아간 경우이다.

최악의 경우는 누군가가 '나도야'를 유인해서 못된 곳에 팔았거나 어떤 목적으로 처분한 경우이다. 가끔 나도야가 생각날 때마다 최악의 경우가 상상되어 분노가 치밀어 오른다. 하늘이 그런 짓을 한 인간에게 응분의 벌을 내릴 것이라고 믿고 있다.

요즘 유기견이 사회적 문제가 되고 있다. 유기견이란 주인이 키우다가 버린 개들을 말한다. 개들은 다른 동물에 비해서 주인을 충성스럽게 따른다. 심지어 주인을 보호하기 위해서 목숨을 내놓고 적들과 싸우기도 한다.

시골에 살다보니 들개들을 자주 만나게 된다. 이들은 어떤 연고로 사람에게서 버림받았는지 모르지만 야생에서 동가식서가숙(東家食西家宿)하면서 살고 있다. 대부분 저희들끼리 짝을 만나 새끼를 낳아 가족을 이루어 살고 있다. 이들은 동네를 돌아다니면서 집개들이 먹다 남은 음식을 먹거나 고라니 등 약한 동물들을 사냥한다.

이들은 가끔 우리 집에 들러서 충돌을 일으키기도 한다. 그들은 우리 개들을 아주 부러운 눈빛으로 바라보곤 한다. '너희는 어떻게 팔자가 좋아서 좋은 주인을 만나 이렇게 행복하게 살고 있느냐' 하는 표정을 짓는다.

때로는 우리 집에서 살았으면 하는 애절한 눈빛으로 나를 바라보는 녀석도 있었다. 몇 개월 전 일이다. 아주 토실하게 잘생긴 개 한 마리가 산방 대문 안으로 들어와서 아예 나갈 생각을 안 했다. 아무리 밀어내도 나가지 않고 엎드려서 나를 쳐다보며 애원을 했다. 나도 저 집개들 사이에 끼워달라고. 그래서 이 개의 이름을 '나도야'라고 지었다. 몸매가 균형 잡히고 털 색깔도 윤기가 났다.

2~3일을 두고 보니 성격도 좋아 보여서 우리 개들과도 함께 잠시 키우기로 했다. 주인이 찾아오면 돌려줄 생각으로 개집 안에는 넣지 않았다. 가족이 산방을 비우는 기간에는 우리 개들은 개집 안에 넣어두지만 나도야는 혹시 주인이 찾아와서 불법으로 감금했다고 오해할 것 같아서 마당에서 자유롭게 지내도록 했다.

'나도야'는 이렇게 해서 우리 집에서 더부살이를 하게 되었다. 소위 비주류로 살게 된 것이다. 물론 주류는 우리 집 개 2마리였다.

몇 개월이 지나는 동안 우리 개들과 친해졌고 간혹 사람들이 대문 앞을 지나가면 짖으면서 밥벌이를 했다. 우리 개들과 똑같은 대우를 해주지만 개집 안에는 넣지 않았다. 주인이 찾아오면 언제든지 돌려주어야 했기 때문이다.

그런데 어느 날 부산에서 산방으로 돌아와 보니 '나도야'가 보이지 않았다. 혹시 동네 이웃집에 놀러 나간 것이지, 아니면 주인이 찾아간 것인지 알 수 없었다.

나도야를 찾아서 2~3일 간 뒷산으로 들판으로 헤매었다. 눈에 헛것이 보인다고 하더니 내가 그랬었다. 개들이 지나가면 '나도야'라고 착각하고 달려나가곤 했다. 이렇게 애타게 찾았지만 나타나지 않았다.

옛 주인이 찾아갔다면 다행이지만 못된 사람들이 잡아간 것이라는 생각이 들자 분노가 치밀어 올라왔다. 누구인지 모르지만 그 사람은 개과천선(改過遷善)해서 앞으로는 그런 일을 하지 않기 바란다.

내가 이런 상상을 하는 이유는 몇 년 전 어느 날 우리집에서 키우던 개 두 마리도 흔적도 없이 사라져 버렸기 때문이다. 그때도 나는 우리 집 강아지를 찾아서 뒷산과 골짜기를 찾아 헤맸었다.

그들은 산방에서 세상의 어떤 개 못지않게 자유와 행복을 누리면서 살았다. 그러므로 스스로 집을 나갈 이유는 전혀 없었다. 누군가에 의해서 납치당했다는 의혹을 지울 수가 없었다.

나는 지금도 '나도야'가 반가운 모습으로 내 앞에 나타나기를 상상하며 그때 좀 더 잘해주지 못한 것을 후회한다. 단지 옛 주인이 찾아올 것이라는 믿음 때문에 그를 비주류로 대했을 뿐인데 지금 생각해도 가슴이 먹먹해진다.

　요즘 유기견들이 사회적 문제가 되고 있다. 사람들이 애지중지 키우던 개를 먼 곳에 버리는 모양이다. TV 동물프로그램에서 주인이 나타나기를 애타게 기다리는 개의 모습을 보니 그 개를 버린 주인은 죗값을 어떻게 하려고 하는지!
　애완동물을 키워본 사람들은 알겠지만 그들에게 도 사람 못지 않게 감정이 있고 인식능력이 있다. 특히 그들은 외로운 사람에게 매우 충직한 반려가 된다.
　종전에는 젊은 여자들이나 어린아이들이 애완견을 키우는 경우가 많았는데 요즘은 나이 든 노인들이 애완견을 많이 키우고 있다. 부산에 머는 날, 아침에 몰운대로 산책을 가다보면 나이 든 분들이 개를 데리고 산책을 나오는 것을 많이 볼 수 있다.
　그렇다. 사람들이 노년에 접어들면 자식들은 멀리 독립해서 살고, 가까운 친인척과 친구들도 곁에서 떠난 경우가 많으니 의지하고 정을 붙일 데가 많지 않다. 이때 위로를 해주는 것이 바로 애완동물, 특히 애완견이다. 그들은 배신을 하지 않는 특징이 있다.
　자식도, 친구도 이해관계가 틀어지면 관계가 소원해지지만 그들은 절대적으로 주인을 따르고 충성을 한다. 외국의 경우이지만 억만장자가 키우던 고양이에게 거금을 상속했다는 기사를 본 적이 있다. 상세한 내막은 알려지지 않았지만 자식이나 친척에게 상속하지 않고 애완동물에게 상속한 것은 친인척보다 이들이 더 충직했기 때문일 것이다.

이렇게 충직한 애완견을 함부로 버리는 것은 사람으로서는 해서는 안 될 일이다. 남들이 버린 애완견들을 모아 거두어주고 있는 사람들을 종종 TV에서 보곤 한다. 이들은 불쌍한 사람을 거두는 일 못지않게 고귀한 일을 하는 분들이다.

인간이 사람다우려면 사람과 사람 사이에 사랑으로 대하고 그다음으로 동물의 세계까지 그 영역을 넓혀야 한다. 동양사상에서는 이를 물아일체(物我一體)라고도 한다.

> 먼저 부모와 가까운 친척을 먼저 사랑하고
> 그다음으로 이웃을 사랑하며
> 그다음에 동식물 등 세상만사를 사랑하라 했다.

> "親親而仁民(친친이인민)하고,
> 仁民而愛物(인민이애물)이니라."

오늘따라 '나도야'가 유난히 생각난다. 그의 도톰하고 균형 잡힌 몸매와 윤기 나는 모습이 내 기억 속에 아름답게 각인되어 있다. 부디 다른 곳에서 잘 살고 있기를, 만약 잘못되어 명(命)을 달리했다면 천상에서 행복을 누리기를 기원(祈願)한다.

생의 마지막 촛불

　10월 하순이 되니 농장에는 갖가지 농작물들이 천수(天壽)를 다해가고 있다. 천하 만물이 모두 생주이멸(生住異滅) 함을 알고 있었지만 금년 가을에도 변함없이 산방 주변으로 찾아오는 천리(天理)를 새삼스럽게 바라보고 있다.

　정원에는 단풍이 들기 시작했다. 사람들은 가을이 아름답다 하지만 농촌에 살아보니 쓸쓸하게 느껴지기도 한다. 봄에 새싹이 나고 여름에 무성했는데 가을이 되니 종착역이 저만치 보인다. 젊어서는 느끼지 못했는데 이런 감정이 드는 것을 보니 내 인생도 어느덧 가을에 이른 모양이다. 사람들은 모두가 자신의 입장에서 세상사를 보게 마련이다.

　대부분의 농작물들은 가을이 되면 시드는데 가을 채소인 무와 배추는 오히려 서늘한 날씨에 잘 자란다. 이들이 하룻밤 자고 나면 잎이 더욱 무성해지고 무 뿌리는 더욱 굵어진다. 하루하루 싱싱하게 자라는 가을 채소를 보고 있으니 생에 대한 활력이 다시 솟아오름을 느낀다.

오늘은 따뜻한 가을햇살을 온몸으로 받으며 무밭에 물을 주었다. 수확할 날이 한 달 남짓한데 아직 무가 많이 어려 보인다. 물이라도 많이 주면 빨리 자랄 것이라는 기대감 때문이었다. 사람들이 자식에 대한 사랑도 이와 같으리라. 조금이라도 더 관심을 가져주어서 자식이 빨리 세상에서 성공하기 바랄 것이다.

무 이랑 바로 곁에 있는 호박넝쿨 두 포기가 눈에 띄었다. 그들은 지난봄에 이 산방에 이사 와서 6개월 정도를 나와 같이 보냈다. 그동안 많은 애호박을 우리 가족에게 선물했고 이로 인해서 식탁이 풍성했었다.

그러나 그들에게도 제행무상(諸行無常)이 어김없이 찾아왔다. 가을에 이르니 한 포기는 이미 생애를 마감했고 하나는 연약한 줄기를 지탱하며 꽃을 2~3개 피우고 있다. 이 넝쿨도 머지않아 생을 마감할 것이다. 그럼에도 그는 생의 마지막 끈을 붙잡고 있었다.

무밭에 물을 주다 말고 이 호박넝쿨에게도 물을 듬뿍 주었다. 그리고 이렇게 독백했다.

"그래, 이 물을 먹고 기운을 차려서 마지막 생을 활활 불태워라. 지난 여름 너는 우리 가족에게 많은 선물을 안겨주었다. 그 덕분에 우리 가족의 밥상이 풍성했었다. 고맙다."

나는 그와 어떤 인연으로 만나서 한 시절을 동고동락하며 보냈다. 나는 이 인연을 소중하게 간직하고 있다. 그는 지난 봄 모종판매상에서 나에게 발탁되어 우리 집으로 왔다. 그 많은 모종 가운데 하필이면 그가 나의 눈에 뜨이게 되었을까?

밭이랑에 그를 심고 퇴비를 듬뿍 주었다. 이렇게 해서 그는 시리골산방의 가족이 되었다. 지난여름 특히 6~7월에는 많은 호박이 열렸다. 젊어서 힘을 너무 많이 쓰면 늙어서 빨리 쇠약하다고 해서 걱정했는데 그는 9월이 되어도 여전히 호박을 우리 가족에게 선물했다.

나는 그를 비록 호박이란 인연으로 만났지만, 지난여름을 같이 보냈다. 내 인생이 귀중하기에 그와 같이 보낸 지난여름도 소중했다. 호박뿐만 아니라 모든 작물에서 과실을 수확할 때 그에게 고맙다는 인사를 한다. 아침에는 감을 땄다. 내가 해준 것은 별로 없는데 훌륭한 과일을 준 것에 대해서 감나무에게 감사했다.

오늘 생의 막바지에 이른 호박에게 물을 주면서 마지막 혼을 불사르라고 당부했다. 누구나 생애에서 남은 세월이 많지 않음을 알았을 때 그 짧은 시간을 소중하게 보내려 할 것이다.

나는 32년이란 긴 세월을 대학에서 교수란 신분으로 살아왔다. 젊어서는 몰랐는데 퇴직을 3년 앞두고 비로소 은퇴할 날이 눈앞에 다가왔음을 실감했다. 이때부터 하루하루를 헛되이 보내지 않으려 했다. 강의 준비도 더 성실히 하려 했고 학생들을 대하는 마음가짐도 달리했다.

사회생활에서 좋은 사람, 호감이 가지 않는 사람이 있게 마련이다. 그러나 그들 모두에게 호감을 가지려고 노력했다.

그리고 퇴직하는 날, 32년의 대학교수 생활에 아쉬움이 없을 리

없겠지만 미련 없이 떠날 수 있었다. 특히 3년의 마지막 교수생활이 지난 30년 못지않게 길고 알차게 느껴졌다. 이를 불가(佛家)에서는 일기일회(一期一會)라고 한다. 이번의 만남이 단 한 번의 만남이란 의미이다. 이렇게 생각하니 우리가 만나는 숱한 인연들, 우리가 사는 매 순간의 삶은 모두 소중해진다.

이 호박은 나와 함께 6개월을 같이 살아왔다. 나는 그에게 남은 생애를 불꽃같이 살라고 당부했다. 오늘 내가 준 마지막 물을 흠뻑 마시고 여한 없이 살라고 일러주었다.

이 세상을 떠나는 날, "이 세상에 사는 동안 여한 없이 최선을 다해 살았다. 산방에서 당주(堂主)와 맺은 인연은 참으로 아름다웠다."고 자부해라.

너와 나는 어디서 무엇이 되어 다시 만나랴!

제 3 장 …

산방의 사계

산책길에서 사유

　지난해 겨울은 너무 추웠다. 남쪽지방에서 살아온 40여 년 동안 이런 추위는 처음이었다. 그러더니 멈출 줄 모르던 동장군도 2월 하순이 되자 물러가는 기색이 역력하다. 아침 기온은 영하로 내려가고 얼음이 얼었지만 낮에는 봄기운이 완연하다.

　그렇게 춥던 날씨도 갑자기 풀리는 것을 보니 세상사도 이러하다는 것을 알 수 있다. 이는 힘들고 어려운 처지에 있는 사람도 묵묵히 견뎌낸다면 좋은 일이 온다는 신호이기 때문이다.

　한낮이 되어 날씨가 따뜻해지자 개를 데리고 뒷산으로 산책을 갔다. 산속 양지바른 곳에는 지난겨울 혹한에도 살아남은 초록식물이 낙엽 속에서 자라고 있었다. 춘란은 참나무 낙엽 밑에서 꽃대를 올리고 있는데 곧 예쁜 꽃을 피울 것이다.

　산중의 나무들도 지금은 앙상한 마른 가지지만 곧 3월이 되면 파란 새순이 올라오고 꽃들도 앞다투어 피어날 것이다. 산길 옆에 비스듬히 누운 참나무 등걸에는 운지버섯이 줄지어 열려있다. 이들 중 몇 개를 따서 주머니에 넣어왔다. 오후에는 이를 차로 달여 마시리라.

산마루에 서니 저만치 소읍(小邑)이 건너다보인다. 멀리서 바라보니 아름답고 평화로운 풍광이다. 그러나 그 속을 들여다본다면 거기에도 집집마다 희로애락(喜怒哀樂)이 흐르고 있을 것이다.

어느 집에서는 아기가 탄생하여 즐거운 웃음이 담을 넘고, 어느 집은 가족의 병고로 깊은 시름에 잠겨 있을지도 모른다. 그러나 멀리서 바라보니 하나하나가 모여서 조화를 이루고 있다. 세상사는 이렇게 조화를 이루고 흘러가는 모양이다.

숲도 마찬가지다. 멀리서 바라보면 아름답지만 숲속에 들어와 보니 부러진 나뭇가지, 벌레 먹은 나뭇잎, 태풍에 쓰러진 큰 소나무 등이 어우러져 있다.

우리 인간사에서 개개인으로 볼 때, 희로애락이 없는 집이 없을 것이다. 어제 행복했었지만 오늘 뜻하지 않는 어려움을 맞을 수 있다. 오늘은 날이 흐리고 비가 오지만 내일은 화창할 수 있다.

그렇다. 세상사에서 우리는 이렇게 살기로 하자. 좋은 일이 있다고 너무 기뻐하지 말고 슬픈 일이 있다고 너무 상심하지 말자. 공자께서는 이렇게 말씀하셨다[논어 팔일편].

"즐거운 일이 있더라도 과도하게 즐기지를 말며,
슬픈 일이 있더라도 지나쳐서 심신을 상하게 하지 말라."

樂而不淫(낙이불음)이요,

哀而不傷(애이불상)이라.

희로애락(喜怒哀樂)은 집집마다 있는 일이니 좋은 일이 있다고 너무 기뻐하지 말며, 슬픈 일이 있어도 지나치게 슬퍼하지 말라. 오늘 슬픔이 내일 기쁨으로 바뀔지 모른다.

저 멀리 소읍을 바라보면 이런 상상을 하면서 개들과 함께 산길을 걷노라니 자연의 변화가 온몸으로 전해온다. 드러누운 참나무 등걸에서 무상함이 느껴지고, 파릇한 새순을 보니 생명의 위대함이 새삼스럽게 느껴진다.

이렇게 사색하며 걷고 있는데 우리 개들은 온 산을 헤집고 뛰어다닌다. 집에서는 매우 갑갑했는데 한 번씩 산에 데리고 와서 마음껏 뛰놀게 해주니 해방감을 만끽하고 있다.

그들은 가끔씩 내가 있는 위치를 확인하러 왔다가 다시 숲속으로 뛰어간다. 산중에는 멧돼지, 오소리, 너구리 등 우리 개들이 상대할 수 없는 짐승들이 있기 때문에 위험이 닥치면 도움을 청하러 오기 위함이다.

호흡을 조용히 하며 느릿느릿 걷고 있는데 저쪽 소나무 숲에서 후다닥 쾅 소리가 들린다. 이내 고라니가 뛰어가는 모습도 보인다. 우리 개들이 양지쪽에 쉬고 있는 그들을 쫓은 모양이다. 우리는 즐거운 마음으로 산책한다지만 그들에게 편안한 휴식을 방해하게 되어 미안하다.

산중생활에서 아쉬운 점은 우리 개들이 산짐승들과 사이좋게 지내지 못하고 있는 것이다. 언젠가 우리 개들과 고라니가 사이좋게 달리기를 하는 모습을 보고 싶다. 추운 겨울철에는 꿩들이 우리 집에 내려와 모이를 먹고 고라니가 개집에서 같이 잠을 자고 아침에 산으로 올라가는 풍경을 상상해 본다.

산을 내려오는데 양지바른 곳에 새로 들어선 산소가 보인다. 가까이 다가가 보니 자식들이 애끓는 심정으로 쓴 추도사가 묘비에 단정하게 새겨져 있다. "어버지, 좋은 곳에서 편안히 쉬십시오." 묘비에 새겨진 기록을 보니 60대 초반에 돌아가신 것 같다. 제행무상(諸行無常)과 생로병사(生老病死)가 여기에도 찾아오는구나.

인간은 100년 평생을 살면서 생로병사를 겪게 되듯이 식물은 1년이란 세월 동안 생주이멸(生住異滅)을 거친다. 봄은 태어남이요, 여름은 성장함이요, 가을은 성숙함이며 겨울은 모든 것을 떨구고 돌아가는 시절이다.

더 깊이 생각해보니 하루는 인간의 생로병사를 모두 보여주고 있다. 아침은 태어남이요 낮은 왕성한 성장의 시간이며 오후는 성숙되고 수확하는 시기이고 밤은 죽음의 시간이다.

나는 매일 아침 새롭게 태어난다고 생각하기로 했다. 그러면 날마다 하루가 항상 새롭고 의미 있는 시간이 될 것이며 제행무상(諸行無常)에서도 해탈할 수 있을 것 같다. 하루하루를 그냥 기계적으로 살아간다면 이는 아까운 시절을 무의미하게 보낼 뿐이다.

겨울이 물러가고 있는 산마루에 서서 멀리 소읍을 바라보면서 어떻게 살아야 하는지를 생각해보고 있다. 인간세상은 자연계와 마찬가지로 희로애락(喜怒哀樂)을 되풀이하고 있다.

정도의 차이는 있을지언정 희로애락은 누구에게나 다가오는 일이다. 좋은 일이 있다고 너무 기뻐하지 말며 슬픈 일이 있다고 너무 상심하지 말자. 어느 경우를 만나더라도 초연하게 받아들이고 적정(寂靜)의 경지에 머물도록 하자.

적정(寂靜)이란 마음이 지극히 고요하여 파도가 일어나지 않음이다. 호흡이 고요해지니 만사를 관조의 눈으로 바라보게 된다. 불가(佛家)에서는 이를 정견(正見)이라 한다.

지금부터 이런 적정(寂靜)의 시간을 점차 넓혀가기로 하자. 그렇게 하면 언제일지 모르지만 이생을 마치고 저승으로 가는 날도 내 영혼이 썩지 않고 청정하게 유지되리라. 그러면 편안하게 이 세상을 떠나서 천상으로 가게 되리라.

매화는 엄동설한에 꽃망울을 만든다

    산방에는 봄을 알리는 신호는 여러 군데서 감지된다. 냉이, 달래 그리고 쑥이 땅속에서 겨울을 이겨내고 새싹을 올리고 있다. 봄소식 가운데 시각적으로 으뜸인 것은 단연 매화(梅花)이다. 남부지방에서는 보통 2월 하순이면 매화가 피기 시작해서 3월 중순까지 유지된다.

    시리골 산방에는 5그루의 매화나무가 있다. 2월 하순부터 꽃이 피기 시작하더니 3월 중순인데도 아직 만개해 있다. 예부터 우리 조상들이 매화를 군자(君子)로 대접했음에는 그만한 이유가 있다. 그가 이렇게 일찍 꽃을 피울 수 있는 것은 악조건 속에서 죽을힘을 다해서 노력해온 결과이다.

    지난 12월~1월 북서풍이 매섭게 몰아치는 엄동설한에도 매화나뭇가지에는 꽃망울이 올라오고 있었다. 1월의 강추위에도 꽃망울이 점차 커지더니 2월 하순이 되자 비로소 꽃이 활짝 피어났다.

매화가 대접을 받는 또 한 가지 이유는 그 향기 때문이다. 한겨울 동안 삭막하던 산천에 2월 하순이 되자 매화가 그윽한 향기를 풍기니 봄 냄새가 온 산하에 가득해진다. 농장에서 살면서 매화꽃이 피기까지 과정을 살펴보니 매화의 진정한 향기는 겨울 동안에 꽃 몽우리를 키워왔다는 데 있다.

나는 매화에게서 중요한 교훈을 얻었다. 매화가 엄동설한에 꽃망울을 키워왔듯이 사람도 힘들고 어려울 때, 포기하지 않고 꾸준히 노력한다면 좋은 결과를 얻을 수 있을 것이다. 사람들이 만개한 매화만 볼 것이 아니라 12월~1월의 엄동설한에 매화가 꽃망울을 키우는 모습을 보았으면 좋겠다.

매화가 고난을 이겨냈기 때문에 귀한 대접을 받듯이 어려운 환경을 이겨낸 사람들이 크게 인정받는다. 힘든 환경에서 성공한 사람들은 어려운 사람들의 사정을 잘 알 수 있다. 그래서 성공의 열매를 다른 사람들에게 나누어 주는 모습을 자주 볼 수 있다.

이른 봄날 화창한 매화꽃을 보면서 우리의 인생사도 그러함을 깨닫고 있다. 그렇다. 세상만물은 힘든 여건을 이겨내고 좋은 결과를 얻었을 때 그 가치가 훨씬 크다는 것은 자명한 일이다. 행복이란 어려움을 이겨내고 이룩한 데서 얻어지는 것이다.

힘든 겨울을 이겨낸 것은 매화뿐만 아니라 봄나물도 이에 속한다. 봄나물 하면 쑥, 달래, 냉이, 두릅이 대표적이다. 봄나물이 사람에게 사랑받는 이유는 그 향과 영양분 덕분이다. 이들에게서 향기가 난다. 왜 봄나물에서 향기가 날까? 그것은 추운 겨울을 나면서 생긴 인고(忍苦)의 자취이기 때문이다.

또한 겨울을 난 봄나물은 약성(藥性)이 매우 좋다. 봄 부추는 딸에게만 주고 며느리에게 주지 않는다는 속담이 있다. 초봄에 땅을 뚫고 올라온 부추는 약성이 강하기 때문에 생긴 이야기일 것이다. 그래서 봄날, 아낙네들이 쑥을 찾아 들판을 헤매는가 보다.

봄나물의 또 다른 특징은 잎에 비해서 뿌리가 매우 크고 튼튼하다는 점이다. 그들은 추운 겨울을 견뎌내기 위해서 땅속에 깊이 뿌리박고 땅기운을 많이 받는다. 냉이가 그러하고 쑥, 부추도 그 뿌리가 매우 크고 실하다. 그러기에 그들은 잎이 조금 손상되어도 쉽게 죽거나 소멸되지 않는다.

사람 또한 그렇다. 역경을 이겨내고 내공을 쌓은 사람은 세상사의 풍파에 쉽게 무너지지 않으며 설사 넘어진다 해도 다시 일어설 수 있다.

3월 산방에는 매화가 피고 두릅 순이 올라오고 쑥과 냉이, 달래가 지천으로 자라고 있다. 천지의 이치에 따라 매년 그 개체수가 증가하고 있다. 이들이 우리 농장에서 잘 번식하는 것은 이곳이 자기들에게 적합한 토양과 환경을 갖추었기 때문일 것이다.

식물이 살고 싶어 하는 곳이라면 사람살기에도 좋은 곳임에 틀림없다. 봄나물이 사방에서 지천으로 자라고 매화꽃이 피고 꿀벌이 들어오고 새들이 찾아드는 시리골 산방에서 살고 있음은 하늘이 주신 은덕이라 여긴다. 이런 곳에서 살 수 있는 기회를 주신 하늘에 감사드린다.

희로애락에 빠지지 말라

아침부터 산속이 고요하더니 드디어 비가 내리기 시작한다. 오늘 빗줄기는 장대 같다. 산방에서 얻는 즐거움 중의 하나는 정자에 앉아서 처마에 떨어지는 빗방울을 바라보는 것이다. 이때 마음이 고요하고 편안하니 세상의 소음도 멀리할 수 있다. 불가(佛家)에서는 참선을 통해서 고요한 경지에 이르고자 하지만 여기서는 내리는 비를 무심으로 바라보고만 있어도 적정(寂靜)의 경지에 이를 수 있다.

이럴 때는 멀리 있는 지인에게 안부 편지라도 쓰고 싶다. 요즘은 시절이 변해서 문자로 안부를 전한다. 나도 종종 이런 전자통신을 이용하지만 오늘은 예전처럼 종이에 편지를 써서 보내고 싶다. 앞으로는 우편엽서라도 준비해서 고요한 마음을 벗에게 전하련다.

산방에는 과일나무, 채소 등이 많이 심어져 있다. 이들에게 최상의 조건은 종종 비가 와주는 것이다. 오늘 이렇게 비가 와주니 식물가족들에게는 더없는 축복이다. 3일 전에 갖가지 모종을 심었는데 오늘 내린 비로 뿌리를 활짝 내릴 것이다. 풋고추와 토마토는 집에서 제일 가까운 이랑에 심었다. 그래야 손이 자주 가고 관리하기 쉽다. 오이는 제일 뒤편에 심었으며 울릉도 나물(명이나물)은 이랑 둑에 심고 취나물은 토질이 좋은 곳에 이식했다.

어제는 밭이랑을 만드는데 거치적거리는 도라지 2포기를 거두었더니 10년이 넘은 것이었다. 귀한 약이라 생각하고 곁가지 뿌리를 잘라내고 원 뿌리는 다시 심었다. 몇 년 후에는 하늘이 내린 선약(仙藥)이 되어 다시 돌아올 것이다.

여주 4포기를 심었으니 금년 여름에는 열매를 많이 딸 수 있을 것 같다. 여주는 신선들이 즐겨 먹는 과일과 비슷하다고 해서 여주(如珠)라고 하는 것 같다. 진시황이 불로초를 구하려 천하를 누비지 말고 우리 산방에 왔더라면 쉽게 줄 수 있었는데 시절인연이 맞지 않아 아쉽다.

빗방울이 더 강해지고 있다. 정원에는 탐스럽게 핀 불두화(佛頭花)가 비에 젖은 체 서 있다. 아직 만개하지 않았으나 이번 비가 그치면 활짝 필 것 같다. 벚꽃은 이번 비로 꽃잎이 완전히 질 것이다. 벚꽃 잎이 야생초 잎 위로 떨어지니 야생초에 꽃이 만발한 듯하다.

산방에 살다보니 천하 만물이 생주이멸(生住異滅)하며 굴러가고 있음을 온몸으로 느낄 수 있다. 우리 인간도 저 초목같이 생로병

사(生老病死)를 되풀이하고 있음을 알고 있기에 나는 지금 어디쯤
와 있는지 새삼스럽게 생각하게 된다.

월영정(月迎亭)에 앉아 하염없이 내리는 빗줄기를 바라보며 차
를 달여 마신다. 이런 날은 따뜻한 보이차가 제격이다. 얼마 전 지
인에게서 중국 운남성 밀림지역에서 자생한 귀한 보이차를 구하였
다. 이를 다관(茶罐)에서 우려내니 황금빛 향이 가득히 풍겨온다.
산골에 살면서 차를 마시는 것은 무료함을 달래주는 좋은 벗이
다. 처음에는 좋은 중국산 차를 마시는 데에 초점을 맞추었다. 이
제 차에 익숙해지니 우리 밭에서 자라는 각종 야생식물에서 우려
낸 차를 즐기고 있다.

이렇게 빗속의 풍광을 감상하며 차를 마시고 있으니 바라는 바
도 없고 슬퍼해야 할 일도, 기뻐해야 할 일도 없는 듯하다. 희로애
락에서 초월한다는 것이 이런 것인가 보다.

> 중용(中庸)에서는 희로애락(喜怒哀樂)이 마음속에 머물고 있을 뿐
> 밖으로 표출되지 않는 상태를 중(中)이라 하고, 이를 표출하지만 적
> 절한 선에서 잘 조절함을 일러서 화(和)라고 한다.

> 喜怒哀樂之未發(희노애락지미발)을 謂之中(위지중)이요

> 發而皆中節(발이개중절)을 謂之和(위지화)니라

그렇다. 내가 이 세상을 살고 있음에 희로애락을 느끼지 않을 수 없다. 그러나 이를 심중에서 잘 조절해서 밖으로 표출하려 한다.

세상은 탁류처럼 소용돌이치며 흘러가고 있다. 불가(佛家)에서는 이를 '사바세계'라고 한다. 세상은 부와 명예를 얻고자 소용돌이치는 물거품과 같다. 여기에 휩싸이면 자기를 잃고 만다. 젊은 시절에는 세속에 살면서 부와 명예를 완전히 멀리한 채 살 수는 없었다. 그러나 이는 삶의 방편이지 목표가 될 수는 없다.

이제 나이가 들어가니 저절로 부와 명성의 유혹에서 점차 멀어진다. 사실 멀어진 것이 아니라 이제는 그런 삶을 추구하는 것이 불가능하다. 그렇다면 앞으로의 삶에서 무엇을 추구해야 하는가?

그것은 내 삶의 가치를 한 차원 더 높이는 것이어야 한다. 좀 더 구체적으로 말하면 탐욕에서 벗어나는 것, 세상사에서 분노를 일으키지 않는 것, 그리고 세상의 본질을 지혜롭게 바라보는 것이다. 이런 경지에 이른 이를 불가(佛家)에서는 아라한(阿羅漢), 선가(仙家)에서는 진인(眞人), 유가(儒家)에서는 군자(君子)라 한다. 이들 삶의 밑바닥에는 사랑이라는 공통분모가 깔려 있다.

어찌 그런 삶이 쉽겠는가! 인간의 심중에는 탐욕심이 항상 분수처럼 솟아오르고 인간관계에서 일어나는 마찰은 필연적으로 분노를 일으킨다. 원수를 어떻게 사랑할 수 있겠는가? 그렇다. 이는 매우 어려운 일이다.

그러나 이런 소용돌이에서 벗어나야 한다. 그 방법은 이미 이런 길을 가신 성현의 말씀에 귀를 기울이는 것이다.

자공(子貢)이 공자에게 이렇게 물었다.
"선생님, 평생을 잊지 않고 실행해야 할 것을
한 마디로 말씀하신다면 무어라 하시겠습니까?"

子貢問曰(자공문왈) 有一言而可以終身行之者乎(유일언이가이종신
행지자호)

공자께서 이렇게 말씀하셨다.
"그것은 사랑(恕)일 것이니라.
자기가 원치 않는 바를 남에게 강요하지 말라."

子曰(자왈) 其恕乎(기서호)인져. 己所不欲(기소불욕)을 勿施於人(물
시어인)이라.

이 가르침의 핵심은 사랑의 마음으로 세상을 바라보는 것이다.
내 입장을 미루어서 다른 사람의 처지를 헤아려 주고 사랑으로 감
싸주는 것이다.
이런 삶은 인생의 종착역까지 추구해야 할 길고도 먼 과제이다.
산방의 정자에 앉아 하염없는 빗줄기를 바라보면서 앞으로 가야
할 인생의 방향과 여정을 다시금 점검해 보고 있다.

4월 산방의 저녁

    사월 저녁나절, 봄기운이 가득한 정원에 앉아 주변의 풍광을 조용히 바라보고 있다. 산방의 저녁은 뒷산 골짜기에서 내려온다. 소나무 숲에서 짙은 어둠이 내리고 새들은 요란하게 지저귀며 제집을 찾아든다. 해 질 무렵에는 새소리가 더욱 요란하다.

    낮에는 각기 일터에서 열심히 일하고 저녁에는 모두 집으로 돌아와 인원점검을 하고, 하루 동안 있었던 일을 얘기하고 있는 모양이다.

    어느 녀석은 내 이야기를 가족에게 보고하고 있을지도 모른다. 나는 낮에는 밭에서 일하고 밤에는 나무 그늘 탁자에 앉아 책을 읽으면서 하루를 보냈다. 새들이 이런 내 일상을 이렇게 이야기하고 있을 것 같다.

    "우리 집 주인이 읽는 책은 어떤 내용일까?"

"오늘 낮에 주인이 밭에서 풀을 베면서 두꺼비와 얘기하고 있더라."

"우리도 주인과 이야기를 나누었으면 좋겠다."

4월 하순이 되니 철쭉이 만발하고 있다. 그들은 어찌해서 저토록 붉게 꽃을 피울까? 초록 잎에 붉은 꽃이 피니 그 모습이 더욱 강렬하다. 봄날에 온갖 종류의 꽃이 피지만 철쭉이 단연 돋보인다. 고향의 부모님 산소에도 철쭉을 심어서 봄이 왔음을 알려 드리고 있다.

옆 산에서 소쩍새 소리가 들려온다. 저 새의 목청은 어찌 저다지도 청아할까! 산중에 소쩍새가 없다면 산골의 삶은 허전할 것 같다. 특히 여름밤에 듣는 소쩍새 소리는 가슴에 맺힌 시름을 시원하게 씻어준다.

문득 생각난다. 대학생 때 일이다. 일행 4명이 8월 중순 어느 날 팔공산 동화사에 참선하러 갔다. 한여름 밤에 대법당에서 밤을 꼬박 새우며 참선을 했다. 물론 꾸벅꾸벅 졸았지만. 그때 소쩍새 소리가 쏘짱쏘짱 경내를 울리니 정신이 번쩍 들었던 기억이 난다. 세월이 흘러 이제는 내가 머무는 산방 주변에서도 소쩍새가 나의 일상을 지켜보며 아름다운 노래를 들려주고 있다.

집 뒤 대밭은 작은 새들에게 최고의 명당인 셈이다. 대숲이 촘촘하니 매, 부엉이 등 맹금류가 접근할 수 없고 비바람이 쉽게 들지 못하니 잠자리도 편안할 것이다. 사람과 마찬가지로 새나 짐승도 안전해야 평안한 삶을 누릴 수 있다. 산방 주변의 새들이 대숲에서 안전한 보금자리를 얻어 비바람과 천적을 피할 수 있으니 이를 바라보는 내 마음도 편안해진다.

어둠이 점차 짙어지고 있다. 전등을 켜서 산방을 훤히 밝혔다. 주변의 나무와 새와 짐승들은 산방의 불빛을 보고 당주(堂主)가 왔음을 알게 되리라. 이미 10여 년을 그들과 같이 호흡하며 살아왔으니 그들도 나를 반기고 있음이 분명하다.

가끔 저녁 예불을 드리면서 산천에서 죽은 짐승들의 극락왕생을 축원하고 살아있는 생물에게는 평안한 삶을 기원하기도 한다.

떡시루를 닮았다는 시리골에 우거(寓居) 적조당(寂照堂)을 마련하고 인생 후반부를 자연과 더불어 보내고 있으니 감히 옛 현자(賢者)의 흉내를 내고자 함은 아니지만 자연 속에서 과분한 것을 누리고 있다는 생각이 든다. 그렇다. 이는 분명 하늘이 나에게 내리신 축복이다. 이에 보답하기 위해서 작은 깨달음이라도 얻는다면 이 세상에 회향하리라.

젊은 시절에는 다분히 세속적인 인생목표를 가지고 있었다. 학자로서 좋은 논문을 쓰고, 강의를 잘하고 싶었다. 그리고 주변으로부터 인정받는 교수가 되려고 했다. 그러면서도 세속을 초월하는 출세간(出世間)의 삶을 추구했었다. 구체적으로 말하면 불가(佛家)의 경전공부와 수행, 유가(儒家)의 경학공부, 선가(仙家)의 양생(陽生)수련을 꾸준히 해 왔다. 그 덕분에 퇴직한 후 자연스럽게 구도(求道)의 삶을 살아가고 있는 셈이다.

이제는 구도를 통해서 내 삶을 한 차원 더 높은 경지로 나아가게 하는 것이 인생 후반부의 목표이다. 하루하루 살아가면서 마음속에 두텁게 쌓인 탐진치(貪瞋痴)가 점차 소멸되고 애고가 더욱 엷어지는 그런 삶을 추구하고 있다. 이런 수행이 나를 구원하는 차원에서 그치는 것이 아니라 그 열매를 세상에 회향(廻向)하는데 바치고 싶다.

슬픔과 비통함에 젖은 사람이 내 모습만 보아도 슬픔에서 벗어날 수 있고, 세상에 대한 분노로 마음이 평화롭지 못한 사람에게 다가가면 그 사람의 마음을 화평하게 만드는 그런 사람이 되고자 한다.

나아가서 새와 짐승들도 심지어 초목들까지도 나를 보는 순간 평화를 얻게 되는 그런 경지에 이르고자 한다. 산방에 내려앉는 저녁 풍광을 바라보면서 인생의 목표를 다시 한번 점검해보고 있다.

가슴으로 봄비 소리를 듣다

4월이 아직 며칠 남았는데 산방에는 늦봄을 알리는 비가 부슬부슬 내리고 있다. 지난주에 심은 고추, 오이, 토마토 등 여름 채소들이 뿌리를 빨리 내릴 것이다. 정원 돌 탁자에 앉아 빗속의 주변 산천을 무심으로 바라보고 있는데 부엉이 소리가 빗속을 헤치고 정겹게 들려온다. 그도 비 오는 날이 좋아서 이렇게 노래를 부르고 싶은 모양이다. 저녁이 되니 집 뒤 대나무숲에서 새소리가 요란하다. 아마도 외출한 가족들에게 비가 오니 그만 집으로 돌아오라는 신호인 것 같다.

달포 전에 적조당 거북바위 옆에 연못을 만들었다. 거북이는 물을 찾아갈 터이니 거북바위 앞에 연못이 있으면 좋겠다는 생각을 했다. 그러나 일이 번거로워서 몇 년간 미루어 왔었는데 며칠 전에 후다닥 해치웠다. 여기에다 연과 수련을 심었다.

어느덧 연못에는 수초가 소담스럽게 올라오고 개구리밥도 옹기 종기 모여들었다. 개구리밥은 어디서 온 것일까? 내가 심지 않았 는데도 비를 타고 다른 곳에서 날아온 것일까, 아니면 새들이 물 어다준 것일까? 자연의 이치는 참으로 오묘하고 신기하다. 개구리 는 이미 찾아왔고 며칠 후면 연못에 연잎이 올라올 것이다.

연못 곁에는 백일홍 나무가 한 그루 서 있다. 그 밑에 돌 탁자를 놓고 여기에 앉아 주변 풍광을 감상하는 것이 요즘 일상 중의 하 나이다. 오늘 저녁도 여기에 앉아 적조당의 저녁 풍광을 음미하고 있다. 어둠이 짙어지자 빗방울이 더욱 굵어지더니 연못 위에 작은 파문을 일구고 있다. 며칠 더 있으면 숲속에서 새들이 지저귀고 연못에는 개구리가 노래할 것이다.

비 오는 저녁, 돌 탁자에 무심으로 앉았으니 적정하기 그지없다. 인적은 없고 우리 집 강아지 달이와 혜야만 곁에서 편안히 누워있 다. 그들도 이 고요함이 좋은 모양이다.

산방에는 찾아오는 사람은 드물고 가끔 우편배달부가 찾아와 공공고지서를 전해준다. 우편물은 대부분 시청에서 보내오는 공 과금고지서, 전기. 수도요금, 그리고 가끔 날라 오는 교통벌과금 고지서이다.

찾아오지 않는 사람 하나 없어도 산방의 삶은 전혀 외롭지 않 다. 오히려 이런 적정(寂靜)함을 즐기는 편이다. 적정한 가운데 조 용히 앉았으니 가슴 저 밑에서 희열이 솟아올라온다. 왜 그럴까? 아마도 마음이 청정해지니 심중에 망심이 소멸되고 진공묘유(眞空

妙有)가 발산하기 때문이리라.

이런 날은 내가 산골로 들어온 것이 더욱 잘했다는 생각이 든다. 오래전부터 퇴직하면 산방에서 채소 과일 농사를 짓고 명상을 하면서 인생 후반부를 살고 싶었다. 다행히 하늘의 도움이 있어 좋은 곳에 터전을 마련, 우거(寓居) 적조당(寂照堂)을 짓고 과일과 채소농사를 짓고 있다.

농사라고 하지만 그냥 우리 가족이 먹을 정도로 만족하고 있다. 처음 2~3년은 살구. 매실이 많이 열려서 주변 친지들에게 나누어 주곤 했는데 갑자기 병충해가 심해져서 최근 몇 년간은 수확을 거의 못했다. 그 대신 일년초 소채류는 그런대로 거두고 있다. 풋고추, 토마토, 오이, 상추는 밥상을 가득 채워주고 가을 채소는 김장할 정도는 된다.

양파, 감자, 고구마, 마늘 등은 시장에서 사다먹는 것이 편하다. 왜냐하면 여기까지 내 힘이 미치지 못하기 때문이다. 내 힘이 닿은 수준에서 농사를 지으려 한다. 그러니 남들에게 농사를 짓는다는 소리를 함부로 할 형편은 못되지만 이 정도의 농사를 짓는 것만 해도 감지덕지(感之德之)이다.

하루 종일 책상에 앉아 있으면 무료하고 머리도 잘 돌아가지 않는다. 이럴 때, 땀이 흠뻑 날 정도로 농사일을 하고나면 몸이 개운해지고 머리도 맑아진다. 이렇게 육체와 정신을 번갈아 써야 심신이 건강해짐을 깨닫게 되었다.

다만 농사일을 하다보면 지나칠 때가 많다. 지치지 않는 수준까

지 농사일을 하려고 다짐하지만 막상 일을 하다보면 과로하게 된
다. 이런 때는 몇 시간 동안 쉬어야만 피로가 회복된다. 과유불급
(過猶不及)을 몸소 체험하고 있다. 지나친 것은 모자람만 못하다는
뜻이다. 젊은 시절에 과유불급을 체득했더라면 내 인생이 좀 더
평탄했을 것이다.

　만약 산촌에서 농사일만 하고 지낸다면 이는 내 인생에 맞는 삶은
아니다. 인생 후반부에서 할 일은 내 영혼의 근원으로 더 깊이 진입
하는 것이다. 요즘은 농사일 틈틈이 금강경과 논어 등 경서(經書)를
다시 읽고 있다. 종전보다 한 차원 다른 깨달음이 심연(心淵) 저 밑
에서 가득히 차오른다. 이런 삶이 금생을 마치는 날까지 계속되었으
면 좋겠다. 특히 이곳에서 경서를 읽고 있으면 2500년의 시공(時空)
을 뛰어넘어 성인(聖人)께서 직접 나에게 가르침을 주신다는 것을 체
득하곤 한다. 이런 삶을 허락해준 하늘에 감사드린다.

모깃불 너머로 고향을 추억한다

산방에 저녁이 오니 뒷산 골짜기에서 선선한 바람이 내려오니 낮 동안에 후끈 달아올랐던 대지가 서서히 식어간다. 시원한 물로 땀으로 뒤범벅이 된 몸을 씻고 헐렁한 옷으로 갈아입었다. 이때 느끼는 상쾌함이란 말로써는 이루 다 표현하기 어렵다.

월영정(月迎亭)에 앉아 선선한 바람을 쐬고 시원한 막걸리를 한 잔 마신다. 곁에서 지켜보던 강아지들은 맛있는 것인 줄 알고 보채기에 한 모금 주었더니 질색을 하며 물러난다.

어둠이 뒷산에서 산방으로 내려오는 것을 바라보면서 주변 풍광을 고요히 음미하고 있는데 갑자기 모기가 나타나서 방해하기 시작한다. 농촌의 여름은 잡초와 모기로 요약할 수 있다. 낮에는 지천으로 자라는 풀을 베느라고 지치고 밤에는 책을 읽고 있으면 모기가 달려든다. 만약 여름철에 모기가 없고 잡초 베는 일이 없다면 농촌생활은 할 만하다.

일반적으로 모기를 쫓기 위해서 에프킬라를 뿌렸지만 오늘은 그동안 생각만 하고 미루어 왔던 모깃불을 놓기로 했다. 옛 기억을 더듬어서 실로 몇십 년 만에 처음으로 모깃불을 피웠다. 마른 풀잎에 불을 지피고 그 위에 말려둔 쑥과 박하 잎을 얹었다. 혹시나 염려되어 모깃불 곁에는 물 한 통을 준비해 두었다.

쑥향과 박하향이 모깃불 연기를 타고 집 주변을 휘감아 돌고 있다. 이 모깃불로 모기가 도망갔는지는 알 수 없지만 초저녁 집 주변은 가득히 피어오르는 연기로 운치가 넘친다.

이전에 모깃불을 놓아본 것은 초등학교 시절이었으니 실로 오랜만의 일이다. 그 시절에는 오늘날처럼 화학약품으로 만든 모기향이 없었다. 오로지 마당에는 모깃불을 놓고 방안에는 모기장을 쳤다.

그 당시 농촌에서는 모깃불을 놓기 위해서 이런 준비를 했다. 풀을 베어다 반쯤 말려두고 마른 나무 등으로 불을 피우고 그 위에 준비한 풀을 얹어두면 덜 마른 풀에서 매운 연기가 나서 모기를 쫓았다.

특히 마당에서 잠을 자는 소에게 모기가 많이 달려들므로 근처에 모깃불을 피워서 소가 밤에 잠을 편하게 잘 수 있게 해주었다. 그 시절 모기가 피를 빨아먹어서 소 등에 핏자국이 선명하게 남아 있는 것을 보곤 했었다. 미련한 소라고 하지만 모기가 달려들면 꼬리로 치거나 심하면 소리를 지르며 펄쩍 펄쩍 뛰곤 했다. 비록 말 못하는 짐승이지만 농사일을 해주는 소에게 가족과 같은 편안한 잠자리를 제공해주려고 애쓰시던 어른들의 모습이 아름답게 추억된다.

그 시절 어른들은 모깃불 옆에서 이런저런 이야기를 나누면서 낮 동안의 힘든 농사일을 잊고 삶의 생기를 되찾곤 했다. 나와 같은 어린이들은 모깃불에 감자와 옥수수를 구워먹었다. 보리밥만으로 배를 채우다가 감자와 옥수수를 구워먹는 것은 별미 중의 별미였다. 배가 고파야 맛이 더 있는 법이다. 지금 꼭 같은 방법으로 구워먹는다고 해도 옛날 그 맛은 아닐 것이다.

여름철에 날이 가물면 모기가 많아진다. 산방 주변에도 모기가 많이 서식하고 있다. 이들은 낮에는 풀숲이나 마루 밑 등에서 숨어 지내다가 밤이 되면 사람이나 개에게 달려든다. 엊그제 초저녁 고추밭에 들렀다가 모기에게 여러 번 물렸다. 특히 저녁에 테라스에 앉아 차를 마시고 있으면 모기가 심심찮게 달려든다.

사실 오늘 모깃불을 피운 것은 옛 추억을 되살려보고 싶었기 때문이었다. 특히 모깃불 위에 박하 잎을 덮어두면 박하향이 온 집 안에 퍼진다. 모기는 허브 향에 약하다고 하니 효과가 클 것이다. 쑥도 마찬가지이다.

다음에는 약국대 잎으로 모깃불을 놓아보려 한다. 어릴 적에 약국대 잎을 돌에 찧어서 즙을 낸 후 이것을 도랑에 풀면 물고기가 기운을 잃고 흐느적거리며 물 위로 떠오르곤 했다. 아마 약국대는 독성이 강한 식물이어서 그러한가 보다. 약국대 잎을 반쯤 말려두었다가 모깃불로 사용하면 그 독한 냄새 때문에 모기가 기절할 것 같다. 우리 농장 옆 개울가에는 약국대가 지천으로 자라고 있으니 도랑도 정리하고 모깃불도 피울 수 있으니 도랑

치고 가재 잡는 격이다.

깊어가는 저녁, 월영정에 앉아 모깃불에서 피어오르는 연기를 보고 있으니 어린 시절의 고향이 생각난다. 세월이 흘러 50여 년 저 건너편에 자식들을 모기에 물리지 않게 하려고 모깃불을 피우시던 아버님, 방마다 모기장을 치시던 어머님의 모습이 눈에 선하다. 감자를 모깃불에 구워서 자식들의 허기를 달래주시던 부모님 정이 오늘따라 가슴 깊이 전해온다. 모깃불을 놓다가 뜻하지 않게 옛 고향과 부모님을 추억하게 되니 가슴이 따뜻해져 온다.

여름도 내 인생이다

　사람들은 여름은 참으로 싫어한다. 특히 금년 여름은 더욱 그러하다. 나도 세상 사람들과 마찬가지로 여름을 겨울 못지않게 싫어한다. 춘하추동 가운데 좋아하는 계절을 들라면 사람들은 대부분 봄과 가을을 꼽을 것이다. 기온은 활동하기에 적당하고 꽃이 피고 열매가 열리고 단풍이 아름다운 시절이기 때문이리라. 그러나 어찌하랴. 봄은 짧고 그다음은 여름이 어김없이 찾아오니 비껴갈 수도 없는 노릇이다.

　특히 시골의 여름살이에는 도회지보다 어려움이 훨씬 더 크다. 날은 무덥고 모기는 극성이다. 도시에서는 아파트나 사무실 안에서 살다보니 이런 불편함은 아예 없는 편이다.

　그러나 농촌에서는 무더위를 무릅쓰고 농사일을 해야 한다. 잡초를 뽑고 물을 주고 병충들을 제거하고 채소와 과일을 수확해야 한다. 이런 일들은 태양이 내리쬐는 7~8월에 주로 이루어진다.

특히 내가 살고 있는 밀양은 우리나라에서 여름 기온이 높은 곳으로 유명하다. 밀양시민들은 이런 뉴스가 밀양에 대한 인식을 나쁘게 한다고 불평하기도 한다. 우거(寓居) 적조당에서도 여름나기는 무척 힘들다. 채소밭에서 5분만 일해도 온몸이 땀에 젖는다. 이때 옷에서 물이 주룩주룩 흐를 정도이다. 이런 날씨에 30여 분 일하다보면 현기증이 나기도 한다. 도시사람들은 이런 농촌생활을 감히 엄두도 내지 못한다.

농촌생활 가운데 또 다른 문제는 모기이다. 낮에도 채소밭에서 일하다보면 팔다리가 온통 모기에게 물린다. 그러므로 주택은 방충망으로 요새화 하고 모기향으로 화염을 만든다.

농촌생활의 또 하나의 고비는 잡초와의 전쟁이다. 고온 다습하니 예초기로 풀을 말끔히 베었는데도 일주일만 지나면 한 자씩이나 자란다. 한 달 정도 그냥 두면 집주변은 온통 잡초에 묻혀버리니 사람 사는 곳 같지 않다.

무더위 속에서 풀을 베고 있으면 분노가 치밀어 올라서 흡사 풀과 전쟁을 하는 격이다. '이놈의 잡초야!' 하는 소리가 나도 모르게 배어 나온다. 소위 도학(道學)을 공부한다는 사람이 무심한 잡초에게 분노를 터트리고 있다니 한심하다는 생각이 든다.

도시에서 살아온 사람들에게는 이런 시골 생활은 견디기 힘들다. 습한 무더위, 모기, 그리고 잡초가 엄습하는 여름은 진정 피하고 싶은 계절이다.

가끔 이런 생각을 한다.

"이놈의 여름아! 빨리 가거라."

때로는 여름의 한가운데서 이런 독백을 하곤 한다.
"그래, 한 달만 참고 기다리자. 그러면 무더운 여름은 저절로 물러갈 것이다."

옛 어른들의 말씀에 8월 15일 백중을 넘어서면 땅속에서 찬 기운이 올라오니 모기입이 비틀어지고 잡초도 기력을 잃게 된다고 했다.

여름이지만 밤중에는 뒷산에서 선선한 골바람이 내려온다. 정자에 앉아 시원한 밤공기를 마시며 책을 읽으면서 여름이 언제 가려나 헤아리고 있는데 문득 이런 생각이 떠오른다. '덥고 추운 시절을 다 빼고 나면 살만한 날이 일 년 가운데 며칠이나 될까?' 요즘 100세 인생 하지만 덥고 추운 날을 빼버리면 살날은 반도 되지 않을 것이다.

그뿐이랴. 만물은 뜨거운 태양 아래서 자라고 열매를 맺는다. 만약 여름이 없다면 우리가 식량을 어디서 얻을 것인가? 며칠 전 파랗던 토마토가 일주일 만에 빨갛게 익고 고추나무에도 빨간 고추가 주렁주렁 달려있다. 자라는 것은 잡초만 아니고 채소와 과일도 동시에 자라고 결실을 맺는다.

그렇다. 하늘이 춘하추동을 내려주신 것은 우리에게 필요하기 때문이다. 생각해보니 추운 날도 더운 날도 모두 내 인생이다. 더운 날을 피하려 할 것이 아니라 그 가운데서 의미를 찾고 즐거움을 누리도록 해야겠다. 뜨거운 태양이 고추와 토마토를 익게 하고 갖가지 소채류를 자라게 해주고 있다. 이렇게 생각하니 뜨거운 여름이 오히려 고맙다는 것을 비로소 알겠다.

더위를 이기려면 농장에서 일한 후 시원한 찬물에 샤워를 하고 밭에서 금방 따온 토마토를 잘라 먹는다. 비록 낮은 덥지만 밤에는 책을 읽고 명상을 할 정도로 신선한 날이 많지 않은가. 이것이 산방에서 무더위를 즐겁게 보내는 방법이다.

요즘 모기를 퇴치하는 방법도 다양하게 개발되어 다행이다. 계피껍질을 소주에 담가서 일주일 정도 삭힌 후 이를 몸에 바르면 모기 등 해충이 얼씬 못한다. 산방에도 이런 지혜를 활용하니 저녁에 모기에 물리지 않고 정자에서 책을 읽고 명상을 할 수 있다.

이제는 잡초와도 전쟁하지 말자. 집 주변에만 2주일에 한 번꼴로 예초기로 잡초를 정리하고 농장의 풀은 그냥 내버려두자. 그러면 그들도 가을을 맞으면 성장을 멈추니 9~10월경에 한 번만 베면 될 것이다.

이제 덥고 추운 계절을 긍정적으로 보기로 하자. 그렇게 하면 일 년 사계절이 모두 내 삶 속에 녹아들고 시절에 관계없이 인생을 가꾸어 갈 수 있다. 그러면 내 인생도 두 배로 늘어날 것이다. 겨울이 있었기에 따스한 봄날이 고맙고, 더운 여름이 있기에 선선한 가을이 그렇게 좋을 수가 없다.

우리네 인생에서 항상 좋은 일만 있다면 그 고마움을 모르고 흥청망청 살아갈 것이다. 시절에도 봄 여름 가을 겨울이 있듯이 누구에게나 좋은 일과 힘든 고비가 있기 마련이다. 다만 어려울 때 이를 슬기롭게 잘 이겨낸 사람만이 그다음에 찾아오는 좋은 기회를 누릴 수 있다.

국가적으로 보면 지금이 위기라고 한다. 국내적으로 경제가 내려앉았고 실업자가 대량 발생하고 있다. 청년실업자의 증가는 국가의 미래를 암울하게 만든다. 외교적으로도 어렵고 특히 북한의 실정은 갈수록 위험해지고 있다. 이런 상황에서도 우리들은 희망과 가능성의 끈을 놓아버려서는 안 된다.

인류 역사에서 어느 때 치고 위기가 아닌 적이 있었던가! 다만 그런 위기 속에서도 정신을 차리고 내일을 준비한 나라는 부강했고 희망의 끈을 놓은 나라는 패망했다.

무더운 여름철에 농사일을 열심히 해야 가을이 왔을 때 풍성한 소득을 거둘 수 있음을 명심하자. 춥고 더운 날도 모두 우리 인생이듯이 힘들고 어려운 시기도 우리의 역사이다. 대한민국의 찬란한 미래를 위해서 이 어려운 시기를 슬기롭게 극복하도록 해야겠다.

멧돼지야, 미안하다

　여름 산방에는 여러 가지 먹거리 작물들이 결실을 맺고 있다. 특히 7월의 대표는 누가 뭐래도 옥수수이다. 아직 초보 농사꾼이라서 옥수수가 얼마나 익었는지 알 수 없어서 주저하고 있는데 이웃집에서 옥수수를 거두어들일 시기가 되었다고 일러주었다. 옥수수의 수염이 갈색으로 익으면 수확할 때가 된 것이란다.

　오늘 아침에 옥수수를 수확했다. 지난봄 시장에서 모종 20여 개를 구입하여 밭이랑에 심었다. 내가 한 일이라고는 밭이랑에 모종을 사다 심은 것이 전부였다. 잡초도 매지 않았고 물도 주지 못했는데 워낙 생존력이 강한 생물이라서 홀로 자라고 열매를 맺은 것이다.

　그런데 혼자 힘으로 이렇게 커서 알찬 열매를 맺었으니 신비하기도 하고 또 미안하기도 했다. 왜냐하면 너무 돌보지 않았기 때문이다. 이들은 씨앗만 있으면 저 혼자 싹이 나고 자라서 열매를 맺어 후손을 퍼뜨린다. 이를 두고 무위자연(無爲自然)이라 하는가 보다.

옥수수를 수확하면서 통통한 것만 따고 나머지는 남겨두었다. 옥수수를 손으로 잡고 꺾으니 중심대가 부러진다. 특히 옥수숫대가 '뚝' 하고 부러질 때, 애써 자라서 열매를 맺게 해 주었는데 "이제 할 일이 끝났다고 자기를 팽개치는 것"이라고 생각할 것 같아 안쓰러운 생각이 든다.

그러나 어찌하랴. 이렇게 다 익은 것을 수확해야 하고 옥수숫대도 뽑아내야 가을 작물인 무, 배추를 심을 수 있다. 이것이 세상 사는 이치인 것을!

식물만 그러한 것이 아니라 인간세상도 그러하다. 나이가 들면 직장에서 은퇴해야 하고 나중에는 병들어서 이 세상을 물러나야 한다. 이 진리를 거역하면서 언제까지 모진 명줄을 붙잡고 있을 수는 없는 노릇이다.

모든 농사는 씨앗을 제때에 잘 뿌려야 하고 그다음에는 적기에 수확해야 한다. 특히 힘써 농사를 지은 후 수확을 잘 하지 못하면 일 년 농사가 헛수고가 된다. 이제 옥수수를 수확할 적절한 시기에 이른 것이다.

첫째, 너무 익으면 알이 여물어져서 삶아도 딱딱해서 먹기 어렵다. 옥수수를 저장해서 겨울철 식량으로 쓸 것이라면 딱딱한 것이 좋다. 그러나 요즘은 제철에 싱싱한 옥수수를 삶아 먹는 것이 일반적이다. 따라서 약간 덜 여문 것을 수확하는 것이 먹기에는 좋다. 밭에서 갓 따온 옥수수를 푹 쪄서 먹으면 그 맛이 일품이다. 농촌에 살면서 힘든 일이 많지만 밭에서 재배한 먹거리를 방금 따서 요리해 먹으면 그간의 어려움을 보상받기에 충분하다.

둘째, 뒷산의 멧돼지가 알면 하나도 남기지 않고 쓸어가 버린다. 이웃집에서는 수확을 앞둔 옥수수를 멧돼지에게 몽땅 **빼앗긴** 일이 있었다. 그러므로 옥수수 익는 구수한 냄새가 산골짜기에 퍼지기 전에 수확해야 한다. 만약 옥수수가 완전히 익을 때까지 기다렸다가는 뒷산 멧돼지들에게 몽땅 털리고 만다.

농촌에 살면서 주변의 산짐승들과 나누어 먹는 것이 좋은 일이지만 그들은 밭작물을 통째로 쓸어가 버리는 경우가 종종 있다. 지난 5월 시장에서 고구마 줄기를 사다 심었다. 남들보다 조금 일찍 퇴비를 주고 비닐을 깔아서 심었으니 2상자 정도의 고구마 수확을 기대하였다. 고구마순은 뿌리를 내리고 새순이 나와서 잘 자라주었다.

그런데 어느 날 아침 고구마순이 몽땅 없어졌다. 자세히 보니 고라니란 녀석이 모두 잘라 먹은 것이다. 지난봄에 심은 도라지 새순도 이들이 몽땅 잘라 먹어버렸다. 그 후 다시 새순이 나서 꽃을 피우고 있지만. 그들은 연하고 맛있는 작물이 어디에 있는지 촉감으로 귀신같이 잘 아는 것 같다.

나는 이들과 적당한 선에서 타협하기를 원한다. 그들이 1/3만 먹고 나머지는 남겨주기를 기대하고 있지만 아직 그 바람이 이루어지지 않고 있다. 오늘 아침 서둘러서 옥수수를 거두면서 덜 여물었거나 신통찮은 것은 남겨두었다. 혹시나 멧돼지가 내려와서 실망할까 봐 그들 몫으로 남겨둔 것이다. 이들도 내 뜻을 이해하고 적당한 선에서 농작물을 먹었으면 좋겠다. 언젠가 그럴 날이 올 것이다.

회화나무에서 소쩍새가 노래한다

산골에는 4월이 되자 소쩍새 소리가 이 산 저 산에서 들려온다. 그 소리가 영롱해서 듣는 가슴이 상큼해진다. 소쩍새 소리가 '소짱 소짱' 한다고 해서 내 어린 시절에는 소짱새라고 불렀다.

우거(寓居) 적조당(寂照堂) 앞마당에는 수령이 300년은 넘은 회화나무가 서 있다. 오늘 밤에는 소쩍새가 바로 이 회화나무 위에서 노래를 하고 있다. 이렇게 가까이서 노래하는 것은 처음 있는 일이라 신기하기 그지없다.

내가 산방을 비우는 동안에도 그는 저 나무 위에서 노래했으리라. 이 집 주인이 누구인지 궁금했는데 오늘 저녁나절에 이렇게 와서 전등불을 켜고 주변을 정리하는 것을 보고 내가 산방 주인임을 알았을 것이다. 지금 이렇게 노래를 하는 것은 아마도 우리 집 식구들에게 자기를 소개하는 의식인 것 같다.

나는 아직까지 소쩍새가 어떻게 생겼는지를 본적이 없다. 짐작건 대 노랫소리가 저렇게 청아하니 예쁘게 생겼을 것이다. 그들은 4월 부터 10월까지 우리 가족들의 일상을 훤히 내려다보며 살고 있다. 강아지들이 짖으면 왜 시끄럽게 앙탈을 부리느냐고 눈을 부라리고 내가 하루 이틀 늦게 산방에 도착하면 왜 이렇게 늦게 오느냐고 호통치는 것 같다.

그들은 우리 집에 살다가 10월이 되면 남쪽 어느 나라로 갔다가 봄이 오면 다시 우리 집으로 찾아온다. 이렇게 생각하니 그들과는 대단한 인연이 아닐 수 없다.

종전에는 그들이 옆 산, 뒷산에서 노래를 불렀는데 오늘은 우리 집 앞 나무 위에서 노래를 하다니 대견하다는 생각이 든다. 어쩌 면 우리 가족과 좀 더 가까이 살고 싶은 마음을 이렇게 노래로 표 현하는지 모르겠다.

바람이 있다면 대낮에 내가 보는 앞에서 그 청아한 노래를 불러 주었으면 좋겠다. 그러면 그가 어떤 새인지 알 수 있고 서로 인사 를 하고 지낼 수 있는 사이가 될 것 같다. 좀 더 욕심을 낸다면 앞 마당에 다가와 내가 주는 모이를 쪼았으면 한다.

밤이 깊어지니 그의 노랫소리는 잠시 멈추었고 그 대신에 들판 에서 개구리 소리가 들려온다. 여름이 점차 가까이 오고 있는 모 양이다. 산방에는 개구리도 살고 있다. 산방에 연못이 있음을 어 떻게 알고 찾아왔는지 신기하고 고맙다. 덕분에 바로 곁에서 개구 리노래를 들을 수 있으니 이것도 산방에 사는 보람이다.

그러나 여기도 항상 평온한 세계만은 아니다. 바람이 나무를 흔드니 까치집이 위태롭고 뱀이 출몰하니 개구리가 위험하다. 자연계에서도 사람세계와 같이 희로애락이 있다. 다만 그들이 슬기롭게 대처하기를 바랄 뿐이다.

산방에서 자연과 더불어 이렇게 살고 있으니 이만하면 더 이상 바랄 것이 없는 삶을 누리고 있는 셈이다. 다만 이런 자연의 소리에 익숙해져서 당연한 것으로 여기고 고마움을 모르게 되어 버릴까봐 염려된다.

그렇다. 항상 마음은 깨어있어야 하고 투명해야 한다. 그래야 세상의 모습을 바로 볼 수 있고 세상소리를 올바르게 들을 수 있다. 불가(佛家)에서는 이를 정견(正見)이라고 한다.

사람과의 관계도 마찬가지다. 주변을 둘러보니 나는 많은 사람들의 도움으로 살아왔다. 가장 가까이는 부모님, 가족 친지의 사랑이다. 나아가서 스승님, 이웃과 오랜 친구들 그리고 이 사회로부터 많은 사랑을 받고 있다. 헤아려보니 내가 이렇게 살 수 있는 것은 천지에 가득한 인연들 덕분이다.

한여름 밤에 소쩍새 노랫소리를 들으면서 가치 있는 삶이 무엇인가를 생각해본다. 아마도 그것은 받는 것보다 더 많은 것을 주변의 인연들에게 베푸는 것이리라.

소쩍새는 그래서 울었나 보다

꽃은 봄에 피어야 대접을 받는다. 긴 겨울잠에서 움츠렸던 가슴을 깨우는 것은 단연 매화이다. 그래서 사람들은 매화를 소중히 여긴다. 그다음에 오는 벚꽃은 온 산하를 화사하게 장식해서 뭇 사람들의 넋을 빼놓는다. 백일홍은 여름철을 장기간 화려하게 장식한다.

이렇게 봄과 여름이 지나고 드디어 황금빛 계절이 왔다. 그동안에 국화는 어느 곳에서나 잘 자랐다. 여름의 뜨거운 햇볕 아래서도, 비가 거의 오지 않는 메마른 땅에서도 끈질긴 생명력을 보여주었다.

시절이 10월에 접어드니 산방으로 들어오는 들판에는 백로가 벼이삭을 헤집고 다니고 있다. 세월의 변화는 시골에 와봐야 비로소 체감할 수 있다. 이들의 변화를 지켜보고 있으니 자연의 조화가 신비롭게 다가온다.

이 가을의 끝자락에 이르니 더디어 국화가 꽃을 피우기 시작했다. 가을꽃은 누가 뭐래도 국화이다. 아니 가을에는 꽃 피는 식물이 거의 없으니 국화 홀로 독주하고 있는 셈이다. 요즘 국화가 우거(寓居) 적조당(寂照堂)을 소박하게 장식하고 있다.

여름철 산방에서는 국화가 천덕꾸러기였다. 아무데서나 잘 자라고 생존력이 강하니 귀한 대접을 못 받는다. 세상인심이란 묘해서 흔하고 잘 자라주면 함부로 여긴다.

난초는 향이 좋지만 잘 자라지 않는다. 또한 여간 정성을 들이지 않으면 꽃도 피지 않는다. 스스로 고귀한 존재로 대접받고자 하는 식물이다. 그래서 사람들은 난을 귀하게 여긴다. 그러나 나는 까다로운 난을 잘 키우지 않는다.

선물로 들어온 난도 마당 한쪽에 심어두고 '네 팔자대로 살아라.' 하면서 스스로에게 생존을 맡겨버렸다. 일부만 살아남고 대부분은 가뭄과 추위를 견뎌내지 못하고 죽어버렸다.

이에 비해서 국화는 온갖 역경을 스스로 이겨낸다. 그는 긴 여름을 넘기더니 드디어 10월이 되자 그동안 비밀리에 준비해 온 보물을 천하에 드러내고 있다. 색깔도 단순하다. 흰색 아니면 노란색이 대부분이다. 가까이서 보면 소박하지만 멀리서 보면 화려하기 그지없다.

내가 산방을 비우는 기간에도 국화는 홀로 산방을 지키며 주인 노릇을 하고 있다. 아무도 보아주는 이 없어도 그윽한 향기를 산방에 가득 채우고 길가는 이들의 시선을 끌고 있다. 아마도 11월 하순까지 그러할 것 같다. 그동안 다른 화초에 비해서 국화에게 신경을 덜 써준 것이 미안하다.

서정주 선생의 '국화 옆에서'가 생각난다. 국화는 긴 세월 동안 가뭄과 장마를 견뎌낸 후 늦가을 찬 이슬을 맞으며 화려하게 꽃을 피운다. 소쩍새가 울고 천둥이 치는 세월을 숙성시키더니 드디어 가을 무대에 화려하게 등장한 것이다.

나는 이 시가 왜 유명한지 알지 못했는데 산방에서 국화를 키우면서 비로소 깊은 뜻을 깨닫게 되었다. 이 시가 탄생한 해에 내가 태어났다. 그렇다. '국화 옆에서'와 나는 동갑인 셈이다. 이렇게 생각하니 국화에 대한 정이 더욱 애틋해진다.

가을 산방에 흐드러지게 핀 국화처럼 내 인생도 그렇게 살아온 것 같다. 젊어서는 소쩍새 우는 좋은 시절이 있었고 때로는 비바람 불고 천둥이 치는 어려운 시절도 있었다. 그런 기간을 거쳐서 이제 인생 후반기를 맞게 되었다. 봄꽃같이 화려하지는 않지만 어려운 가운데 묵묵히 살아온 덕분인지 국화처럼 소박하지만 향기 나는 그런 여생을 살고 있는 셈이다.

겨울상추는 죽지 않는다

상추는 서늘한 계절에 잘 자라는 식물이라서 이른 봄에 씨를 뿌리면 6월까지 수확할 수 있다. 그러나 날씨가 더워지면 상추는 싹이 나지 않거나 잘 자라지 못한다. 여름에는 상추 대신 들깻잎으로 쌈을 해 먹는다. 그러나 상추의 싱싱하고 아삭한 맛에는 미치지 못한다.

10월에 씨앗을 뿌리면 어린 상추는 12월이 되어도 5cm 정도밖에 자라지 못한다. 아침에 서리가 하얗게 내리던 날, 어린 상추는 서리를 뒤집어쓴 채 꼿꼿하게 그대로 서 있다. 그러더니 한낮에 따뜻한 햇살이 비치자 이내 살아나서 초록색을 되찾고 생기를 풍기었다. 이렇게 해서 어린 상추는 겨울을 무사히 견뎌내고 이듬해 3월이 되자 왕성하게 성장하기 시작한다.

3월, 아직은 아침저녁으로 찬바람이 불고 때로는 눈보라가 휘날리기도 한다. 이때 밭이랑에 나가보면 겨울을 이겨낸 상추는 새싹을 밀어올리고 있다. 그 연초록 빛깔이 너무 곱고 그러면서도 강인해 보인다. 아! 저토록 연약한 상추가 어떻게 겨울 혹한을 굳건히 이겨낼 수 있었는지 신기하고 대견할 따름이다.

이들은 4월 중순이면 상추쌈을 해먹을 수 있을 정도가 된다. 이들을 바라보고 있으면 그들은 채소이기 이전에 소중한 생명체임을 알 수 있다. 그는 자기를 땅에 심어준 고마움으로 풍성한 잎을 우리에게 선물하고 있다.

늦가을에 상추씨앗을 뿌리면 어린 모종은 겨울을 굳건히 이겨낸다. 이런 상추는 그 뿌리가 매우 크고 튼튼해서 봄에 심은 것에 비하여 영양소가 훨씬 풍부하고 약성도 강하다.

산골에 들어와 살면서 경험한 것인데 겨울을 이겨낸 식물이 약성과 영양분이 많다는 것을 알 수 있었다. 냉이와 달래가 그러하고 부초도 초봄에 돋아난 것은 딸에게만 주고 며느리에게 주지 않는다는 말이 있다.

"상추야! 이 엄동설한을 잘 견뎌내도록 하자. 좀 더 있으면 영하 10도까지 떨어지고 서리가 네 몸을 덮칠 것이다. 그러나 나는 걱정하지 않는다. 너는 이를 이겨낼 수 있는 DNA를 갖고 있으니 이 겨울 혹한을 이겨낼 수 있을 것이다. 내년 춘삼월 봄볕이 화창한 날, 마음껏 나래를 펴도록 하자." 이렇게 다독이며 나는 상추와 같이 추운 겨울을 보내고 있다.

그렇다. 인간 세상에서도 이런 이치가 적용되는 것 같다. 어린 시절 역경을 이겨낸 사람은 성인이 되어 어려움에 처해도 잘 극복할 수 있다. 너무 빨리 출세한 사람은 주변에 적이 많고 험난한 역경을 만나면 바로 꺾여 버린다.

그러나 아직 세상에 알려지지 않는 사람은 주변의 견제를 받지 않아서 무사히 살아남을 수 있었다. 우리 역사에서 이런 일이 너무 많았다. 세상에서 오랫동안 평탄하게 살아가려면 역경을 이겨낼 수 있는 내공이 있어야 하고 너무 일찍 두각을 나타내서는 안 될 것 같다.

다산 정약용 선생은 천재로 태어나신 분이시다. 일찍 관계에 진출하여 젊은 나이에 정조의 신임을 받아 많은 업적을 남기셨다. 이것이 화근이 되어 정조 사후 모함을 받아 강진으로 유배를 가서 18년을 보냈다.

물론 선생께서 귀양을 가시지 않았다면 나라를 위해서 더 많은 일을 했을 것이다. 그러나 그분은 귀양살이에서 그냥 주저앉지 않으시고 학문에 힘쓰셔서 목민심서 등 역작을 남기셨다. 다산 선생님에 대한 글을 읽을 때마다 참 소중한 인재를 나라가 버려두었구나 하는 아쉬움이 들곤 한다.

산방에서 농사를 짓다보니 엄동설한을 굳세게 잘 견디고 있는 어린 상추에게서 난세에 살아남을 수 있는 지혜를 얻을 수 있었다.

내 삶을 뒤돌아보니 길지 않는 인생이었지만 20대 말까지는 가난과 병고로 힘든 날을 보냈다. 그때는 너무 힘들고 고통스러워서 주저앉고 싶었다. 그러나 이를 잘 극복한 덕분에 면역력이 생겨서 훗날 세상을 살아오면서 어려움에 처해도 버티고 다시 일어설 수 있었다.

별로 내세울 것은 없지만 청소년기의 어려움이 오늘의 나를 만들어준 원동력이 된 것 같다. 엄동설한에 산방의 따뜻한 방안에 편안히 앉았으니 어려울 때 도움을 주신 분들이 생각난다. 이분들에게 감사의 절을 올린다.

새는 숲속에서 편안히 머문다

　오늘 저녁은 산방 대숲에서 새소리가 유난히 아름답게 들려온다. 하루일과를 마친 후 가족들이 집으로 모여들어 나누는 대화라서 윤기가 실려 있다. 주변에는 소나무, 참나무 숲이 우거져 있고 특히 대나무 숲이 성곽처럼 울창하게 둘러서 있다.

　새들은 이 대나무 숲을 자기들 보금자리로 삼고 있다. 대나무는 그 간격이 매우 촘촘하고 잎이 우거져 있어서 바람을 막아주므로 겨울철에 새들의 잠자리로써 매우 적합하다. 특히 매, 올빼미 등 맹금류로부터 보호를 받을 수 있으니 천혜의 요새인 셈이다.

　새들은 하루 종일 각자 먹거리를 찾아다니거나 볼일을 본 후 저녁이면 집으로 모여든다. 하루 일과를 마치고 온 가족이 모여서 하루 동안 일어난 일을 서로 이야기하는 것은 우리 인간의 삶과 다를 바 없는 것 같다. 지금 대숲에서 새 소리가 왁자지껄한 것은 바로 이들 가족의 모임 때문일 것이다.

산골의 저녁은 빨리 찾아온다. 해가 지면 이내 어둠이 뒷산에서 내려오고 곧 깜깜한 밤이 된다. 일찍 개밥을 끓여주고 벽난로에 불을 붙여 실내를 덥혔다. 저녁반주로 매실주를 한잔 곁들이니 마음이 한결 느긋해진다.

개들이 요란하게 짖는 것을 보니 뒷산에서 고라니, 멧돼지 등 산짐승들이 내려온 모양이다. 때로는 개들의 사기를 위해서 마당으로 나가 집 주변을 전등으로 비춰보곤 한다. 그러면 개들은 용기백배해서 뒷산으로 내달린다.

사실 우리 집 개들은 덩치가 작아서 뒷산 짐승들에게 상대가 되지 않는다. 그러나 주인인 내가 나서는 기척이 있으면 산짐승들은 이를 알아차리고 산속으로 뒤돌아가는 모양이다.

산골에 들어와 살면서 한 가지 바람이 있다면 뒷산의 짐승들과 우리 개들이 사이좋게 지내는 것이다. 가끔 고라니가 우리 집 바로 뒤 숲속에서 새끼를 낳는다. 아마도 맹수들로부터 보호받기 위해서일 것이다. 우리 집 작은 암캐가 이 숲속에서 나오는 것은 보곤 했는데 아마도 고라니 새끼를 보살피러 간 모양이다.

대나무 숲이 새들의 보금자리인 것은 비바람을 피할 수 있고 주변의 천적으로부터 안전하기 때문이다. 사람이 사는 집도 마찬가지이다. 비바람을 막아주고 더위와 추위를 피할 수 있어야 한다. 특히 안전하게 생활할 수 있어야 한다. 하나 덧붙인다면 생업의 일터로 나가는데 편리해야 한다. 인간의 주택문화가 이렇게 생겨나고 발전해 왔다. 한때 서울 강남 아파트가 유행했던 것은 6·25의 악몽으로 한강 남쪽이 보다 안전했기 때문이었다.

요즘 주택마련이 매우 어렵게 되었다고 한다. 특히 수도권은 사람들이 많이 모여드니 물량이 부족하고 자연히 집값이 올라갈 수밖에 없다. 주택시장의 문제는 개인이 어떻게 해볼 수 있는 것이 아니다. 마땅히 정부가 근본적인 문제를 해결해주어야 한다.

사람들도 새들과 마찬가지로 편안하고 안전한 보금자리를 원한다. 이것을 해결해주는 것이 위정자가 해야 할 몫이다. 주택가격은 수요와 공급이 일치하는 점에서 결정된다. 이것은 중고등학교 교과서에도 나오는 경제학의 기본이다. 집이 부족하면 더 많은 주택을 공급할 수 있는 정책을 펴고 이기심이 주택시장을 크게 왜곡시킨다면 이를 막아야 한다.

물은 아래로 흐른다. 흐르는 물길을 막아도 곧 다른 길을 찾아 아래로 내려간다. 정부의 정책은 물길을 터주는 것이어야 한다. 너무 빨리 흐르면 보를 만들어 잠시 모여 있게 하고 물이 부족한 곳에는 이 봇물을 흐르게 해주어야 한다. 그렇게 하려면 양수기를 이용해서 보물을 위쪽으로 혹은 먼 곳으로 보내주어야 한다. 그러면 전국이 골고루 수자원의 혜택을 입을 수 있다.

새들이 안전한 편안한 보금자리를 찾는 것처럼 사람들도 자기 보금자리를 마련하여 편안하고 행복한 저녁을 맞을 수 있기를 원한다. 물이 아래로 흐르는 것처럼 사람이면 누구나 좋은 집에서 편안하게 살고 싶어 한다.

이것은 천리(天理)이다. 세상이 어수선하니 산속에 머물러도 마음이 편치 않다. 촌부(村夫)가 나라를 걱정하는 마음에서 괜한 소리를 지껄여서 오히려 소음을 보탠 것 같아 염려된다.

겨울나무의 교훈

낙동강이 700리를 흘러 바다에 닿은 곳이 몰운대이다. 이곳은 부산에서 가장 후미진 곳이라서 도시 개발이 늦은 탓에 오히려 자연이 많이 보존되어 있다. 몰운대는 절해고도(絶海孤島)와 같은 곳이다. 몰운대 남쪽 바다 위에는 작은 섬들이 옹기종기 떠 있고 등대가 그림처럼 서 있다. 하늘이 맑으면 수평선 저 끝에 대마도가 희미하게 보인다.

몰운대 남단 해변에는 몽돌이 가지런히 누워서 휴식을 취하고 있다. 천만리 바닷속을 구르고 굴러서 주먹만 하게 다듬어진 다음에야 이 해안으로 상륙해서 편안히 쉬고 있다.

대도시에서 살면서 이런 자연을 향유할 수 있는 곳은 별로 없을 것이다. 일주일에 3~4일은 이런 곳에 살고 있다니 어찌 하늘에 감사하지 않을 수 있겠는가. 몇 년 전 서울에서 모임이 있었다. 그날 가장 멀리서 온 사람이라고 나에게 인사말을 부탁했다. "나는

30억짜리 집에 삽니다." 이 말에 사람들은 두 가지 반응을 동시에 나타냈다.

부산에도 그렇게 비싼 아파트가 있는가?
저 교수는 참 부자인가 본다.

나는 이렇게 대답했다.
"내가 사는 곳은 낙동강이 굽이쳐 700리를 흘러와 바다와 만나는 곳, 몰운대 바닷가라고. 집 앞에 펼쳐지는 바다경치가 10억 원, 낙동강 값이 10억 원, 그리고 몰운대 값이 10억 원, 이렇게 30억 원입니다." 해서 모두들 웃었다.

이런 천혜의 명당에 살고 있으니 내 인생이 어찌 복 받은 삶이 아니겠는가? 부산에 머무는 날은 아침마다 몰운대 숲으로 산행을 나선다. 이곳 바닷가 언덕 위에서 명상수련을 하면서 심신을 단련하고 있다.

몰운대 산에 오르니 숲길이 눈앞에 다정하게 굽이쳐 있다. 그 모습은 여름보다 겨울에 더 정겹다. 여름 산의 오솔길은 울창하고 싱그럽지만 답답하게 느껴졌다. 이에 반해 겨울 숲길은 호젓하고 다정하다. 겨울나무들이 잎을 떨구고 서 있는 형상은 어느 그림에서 여인이 옷을 벗고 수줍게 서 있는 모습을 연상케 한다.

숲은 봄에는 새잎이 나고 여름에는 무성했다가 가을에는 낙엽이 지고 겨울에는 빈 몸으로 남는다. 겨울에는 숨을 가다듬고 긴 잠에 들었다가 봄이 오면 다시 깨어나서 새싹을 준비한다.

조용히 호흡하면서 숲길을 걷는다. 길을 가다 말고 벌거벗은 나무들을 무심으로 바라본다. 문득 저 나무의 모습에서 나의 형상을 보는 것 같다. 마음속에 갖가지 생각들이 무성하게 자라고 있다가 어느 날 홀연히 번뇌와 망상들이 모두 떨어져 나가고 텅 빈 가슴으로 서 있는 나의 모습이 보인다.

내 인생의 가을에는 아직 거두어들여야 할 일이 너무 많이 남아 있다. 그것은 재물, 권력 그리고 명성에 관한 것은 아니다. 평생을 일구어온 정신세계의 결실들을 정리하여 이를 세상에 회향하려 한다.

불가(佛家)와 유가(儒家)의 가르침을 요즘 사람들이 쉽게 이해하고 받아들일 수 있는 책을 쓰고 있다. 나아가서 수행의 깊이가 더해지면 선가(仙家)의 수련법과 삶을 집필하려고 한다.

바람이 있다면 죽은 후 가는 천당, 극락이 아니라 지금 이 세상을 극락정토로 여기고 살리라. 죽어서 신선(神仙)이 되는 것이 아니라 현세에서 신선(神仙)으로 살고 싶다.

그러나 아무리 가치 있는 삶을 산다 할지라도 육신은 그 사명을 다하면 소멸하는 것이 필연이다. 다만 영혼만 다음 세상으로 가야 한다. 그 날이 오기 전에 저 나무들처럼 마음속에 가득한 번뇌를 떨어내고 영혼을 홀가분하게 하려 한다.

살아오면서 내가 가졌던 탐욕심이 무엇이었으며, 과분하게 소유한 것이 무엇이었는지를 곰곰이 생각해본다. 우리 세대의 어린 시절에는 경제적으로 참으로 궁핍했었다.

봄이 되면 춘궁기가 있었고 허기진 배를 달래면서 밭일하던 시골 사람들의 모습이 풍경화처럼 뇌리에 각인되어 있다. 우리는 경제적 궁핍만은 면해야겠다는 일념으로 열심히 살아왔다. 다행히 시대를 잘 만나서 곤궁함을 이겨내고 경제적 자립을 이루었다.

소위 자수성가한 세대는 자기가 이룬 재물이 아까워서 함부로 쓰지 못한다. 사람들은 이를 세상에 환원하라고 쉽게 말하지만 쉬운 일이 아니다. 이 사회는 자기 것은 아까워하면서 남들에게는 쉽게 요구하는 경향이 있다.

그러나 멀지 않는 장래에 자기 재산을 세상에 환원하는 문화가 유행할 것이다. 나는 이 점에 대해서 낙관적으로 보고 있다. 어느 정도 세월이 지나면 결국 부(富)는 베풀었을 때 가치가 있다는 것을 깨닫게 될 것이다.

겨울 아침 숲길에서 벌거벗은 나무들을 보면서 인생 후반부를 어떻게 살아야 할 것인지를 곰곰이 생각해본다. 인생 전반부는 부피를 불리는 삶이었다면 이제부터는 그것을 줄이는 삶을 살아야 한다. 가끔 지인들의 부고를 접하면서 나에게도 홀연히 이 세상을 떠날 날이 올 것을 생각하게 된다. 과거에는 그런 일이 나와 상관없는 것처럼 생각되었다. 그러나 요즘은 그때가 필연적으로 온다는 것을 피부로 느끼고 있다.

이 세상을 떠나는 날, 가족, 친지, 재산, 지식 모두를 다 내려놓고 가야 한다. 그 길이 어찌 쉽겠는가? 그러나 어찌하랴! 울창하던 나무도 가을이 가고 겨울이 오면 잎을 떨구고 빈 몸이 되듯이 우리 인생에게도 가을이 오고 겨울이 오는 것이 천리(天理)인 것을!

그날이 오기 전에 가벼운 차림으로 이 세상을 사는 연습해야 한다. 그래야 다가오는 운명을 담담하게 받아들이고 초연하게 떠날 수 있기 때문이다. 몰운대 숲길에서 발가벗고 서 있는 나무들을 보노라니 여생을 어떻게 살아야 하는지에 대한 교훈을 얻게 되었다.

엄동설한 한밤중에

초저녁부터 둥근 달이 둥실 떠서 산방을 훤히 비추고 있다. 시절은 엄동설한이라 산방 주변은 찬바람이 매섭게 불고 기온은 영하 6~8도이다. 겨울의 밤하늘은 달이 밝을수록 더 차갑게 느껴진다.

뒷산 어디선가 고라니 소리가 애처롭게 들려온다. 낮에 헤어진 가족을 찾는 어미의 애끓는 소리 같다. 이 겨울밤에 자식을 찾는 어미의 마음을 생각하니 가슴이 미어지고, 배가 고파 먹이를 찾아 헤매는 그들의 처지를 헤아려보니 마음이 아파온다.

지난가을 고라니를 위한 무를 심었더니 밤마다 내려와서 차례로 무 잎을 먹곤 했다. 이제 남은 무도 곧 얼어버릴 것이고 배추는 시들어버릴 것이다. 그러니 이들이 우리 밭에 내려온다 해도 먹을 것이 별로 남아 있지 않다. 남들은 산촌에 들어와 사는 것이 풍경화 같은 삶인 줄 알고 있지만 산중생활에는 이런 애환이 곳곳에 배어있다.

고라니 소리에 우리 개들이 짖기 시작하더니 쏜살같이 산으로 달려간다. 그러나 그들은 덩치가 작아 고라니를 만나면 짖기만 할 뿐 이길 능력이 없다.

그들 산짐승들이 고라니라면 별 탈이 없겠지만 오소리, 멧돼지 등이라면 우리 개들이 위험해질 수도 있다. 하는 수 없이 전등을 들고 지팡이를 짚고 개를 부르러 뒷밭으로 같다. 산속 소나무 숲을 향하여 전등을 이리저리 비추니 개들이 이내 돌아왔다.

내가 산골로 들어올 때, 우리 집 개와 산짐승들이 친구가 되어 같이 놀기를 바랐다. 겨울에는 고라니가 우리 집에서 개들과 같이 잠을 자고 아침에 산으로 돌아가는 그런 꿈을 꾸었다.

그러나 그 바람은 아직까지 이루어지지 않고 있다. 아마도 이 세상은 에덴동산이 아니고 사바세계여서 그러한가 보다. 어느 날 그 꿈이 이루어질 날이 있을 것이라 기대하고 있다.

가끔 바람을 소일 겸 개들을 운동시키려고 뒷산으로 올라간다. 그들은 나를 앞질러서 산으로 달려가더니 산 중턱에 이르자 갑자기 멈춰 서서 나를 기다리고 있었다. 아마도 근처에 자기들보다 힘센 짐승들이 있음을 낌새챈 모양이다. 법성게(法性偈)을 낭송하면서 인기척을 내면 그들은 내가 왔음을 알고 더 깊은 산속으로 들어간다.

이렇게 해서 우리 개들과 충돌을 막을 수 있다. 우리 개들은 내 보호를 받을 수 있는 주변 100m 반경을 벗어나지 않는 범위 안에서 여기저기를 뛰어다니며 신명나게 놀고 있다. 가끔 놀란 꿩이 푸드덕 날아가기도 한다.

한적했던 낮이 지나고 밤이 깊어지니 새들은 대나무 숲에서 잠자고, 고라니는 참나무 낙엽 속에 잠자리를 마련했을 것이다. 비록 풍족하지는 않겠지만 이들이 배고프지 않고 겨울밤을 따뜻하게 보냈으면 좋겠다. 인간의 기본적 삶의 요건은 의식주(衣食住)이다. 이 조건은 산 중 식구들에게도 마찬가지이겠지만 요즘 그들에게는 가장 중요한 먹거리를 구하는 것은 쉽지 않을 것이다. 산돼지가 사람들과 충돌을 일으키는 것은 먹거리를 찾아서 인가로 내려오기 때문이다.

우리 농장에는 수확하지 않고 밭에 그대로 내버려둔 무, 배추와 상추가 있다. 이것은 그들을 위해서 남겨둔 것이다. 엊그제 살펴보니 고라니가 상춧잎을 차례로 먹은 흔적이 보인다. 이 채소들이 산짐승들 겨울을 나는 데 도움이 되었으면 좋겠다. 어느 분의 책에 이런 구절이 있다. "콩 세 알을 심는다. 한 알은 벌레 주고 한 알은 새에게 주고 한 알은 내가 먹는다."

산골의 밤은 빨리 깊어진다. 산중은 저녁 7시만 넘으면 한밤중이다. 날이 차니 밤하늘이 더욱 청명해지고 별들도 덩달아 영롱하게 빛나고 있다. 멀리서 개 짖는 소리, 자동차 소리가 아득히 들려온다.

집안에 들어와서 벽난로에 장작을 넣으니 거실이 훈훈해진다. 밖에는 올 겨울을 날 장작이 쌓여있고 김장김치도 몇 통 담갔고 창고에는 감, 감자, 고구마가 상자째로 있다.

엄동설한인데도 집안이 따뜻하고 먹거리가 넉넉하니 바랄 것이 더 무엇이 있겠는가! 매실주를 한 잔 마시니 매실 기운이 온

몸을 타고 돌면서 세상 시름을 모두 잊게 한다. 노래 한 소절이 저절로 흥얼거려진다.

"이 풍진세상을 만났으니 너의 희망은 무엇인가~
부귀와 영화를 만났으면 네 맘이 족할까~!"

엄동설한의 밤은 이렇게 깊어가고 있다.

야생 홍시를 거두어 주다

아침에 일어나 보니 겨울비가 추적추적 내리고 있다. 겨울비 치고는 꽤 굵은 빗줄기이다. 강아지들도 쌀쌀한 초겨울 날씨 탓에 잠자리에서 웅크리고 눈만 껌벅거리고 있다.

이미 추수기가 지난 탓에 농사일이 거의 없어진 것도 있지만 농촌은 비만 오면 할 일이 없어진다. 집사람은 동네 아주머니와 함께 부엌에서 김장을 담그느라고 분주하다. 장작을 한 아름 보일러 화덕에 집어넣으니 굴뚝에서 연기가 고즈넉하게 퍼져나간다.

나는 거실에 누워서 육조단경(六祖壇經)의 후반부를 읽으며 혜능스님의 말씀을 헤아려본다.

제자가 스님에게 묻는다. "스님, 세속(世俗)에 있으면서 도(道) 닦음이 가능합니까?"

혜능스님 왈, "절에 있으면서도 닦지 않으면, 세속의 악한 사람들과 같고 세속에 있으면서도 열심히 수행하면 극락세상 사람과 같게 되느니라."

스님은 이어서 다음과 같이 게송(偈頌)을 읊으시었다.

도(道)는 삶 가운데 있는 것.
중생계(衆生界)를 떠나서 도(道)를 찾으려 말라.

그렇다. 진리는 삶 가운데 있는 것, 나는 비록 출가자는 아니지만 세속에서 도를 구하는 삶을 살려 한다. 아마도 출가자는 처자가 없으니 수행에 걸리는 일이 별로 없을 것이다. 그러므로 그분들은 전적으로 수행에 전념할 수 있다.

그러나 그들도 세속의 인연을 만나면 쉽게 허물어져버리는 단점이 있다. 나처럼 재가자는 세속에서 갖가지 역경을 겪으면서 살아왔기에 면역력이 생겨서 어려운 경계를 만나도 쉽게 물들지 않는다.

며칠 전, 우거(寓居)에 적조당(寂照堂)이라는 현판을 달고 이 거처를 수행처로 만들었다. 비록 출가자(出家者)는 아니지만 재가에서 수행의 길을 걸어왔다. 이곳에 살면서 걷는 걸음마다, 책장을 넘기는 순간에도, 세상을 마주하는 순간에도 항상 자비로운 마음이 넘쳐나게 하리라는 서원을 했다.

다시 거실 밖을 나가보니 겨울비가 여전히 추적추적 내리고 있다. 앞집 감나무에는 아직 따지 않는 감이 비에 젖어 더욱 붉게 보인다. 동네 여기저기 굴뚝에서 연기가 모락모락 피어오르는 것을 보니 아마도 온돌방 부엌에 군불을 때는가 보다. 이런 날은 따뜻한 방바닥에 누워 명상록을 읽고 졸리면 잠을 자는 것이 일품일 것 같다.

오후 석양 무렵 비가 그치자, 서녘 작은 고개 너머로 나들이를 갔다. 강아지가 따라나선다. 길옆, 버려둔 감나무밭에는 잘 익은 홍시가 곧 터질 것 같이 애처롭게 매달려 있다. 농약을 치지 않고 그냥 버려두었기에 천연 그대로다. 자연은 이렇게 내버려 두어도 꽃이 피고 열매를 맺는다. 농약을 치고 퇴비로 키운 농장의 열매만큼은 아니지만 그래도 긴 여름 동안 무더위와 병충해를 무사히 이겨내고 이렇게 찬란한 결실을 맺고 있다.

잘 익은 홍시 한 개를 따니, 옆에 있는 또 하나가 자기도 데려가 달란다. 이렇게 애걸하는 홍시들을 대충 따서 모으니, 작은 광주리에 가득하다. 한 해 동안, 봄에는 감꽃으로 태어나서 여름에는 싱그럽게 자라나고, 가을에 붉게 익더니, 이제 겨울에 이르니 홍시가 되어 곧 마무리하려 한다. 만약 내가 이들을 따지 않는다면 그대로 땅에 떨어져서 일생이 허무하게 끝나버릴 것이다.

홍시를 가득 채운 광주리를 어깨에 메고 집으로 돌아오는데, 강아지 세 마리가 졸랑졸랑 앞서고, 하늘 서쪽에는 비구름을 헤집고 피어난 저녁노을이 내 등덜미를 따라온다.

나는 늙은 농부보다 못하느니라

봄날이 왔다. 4월에 접어들자 한낮 기온이 20도까지 올랐다. 밭두둑을 만들고 비닐로 멀칭(잡초방지 비닐 씌우기)을 했다. 이제 고추, 오이, 토마토 등 봄채소를 심어야겠다. 하루 빨리 심어서 상추쌈에 고추를 된장에 찍어서 먹고 싶었다.

마침 집 앞을 지나가는 이웃집 아주머니에게 곧 고추모종을 심으려 한다는 얘기를 했더니, 아주머니는 곧 서리가 오면 고추모종은 다 말라죽으니 4월 20일경에 심으란다. 지금 이렇게 온도가 높은데 어찌 서리가 오겠는가 하는 의구심이 들었지만 혹시나 하는 생각에 며칠을 더 기다려 보기로 했다.

오늘 아침 문을 열고 나서니 테라스에 서리가 하얗게 내려 있었다. 만약 앞집아주머니 말을 듣지 않고 내 생각대로 했다면 고추는 이번 서리를 견뎌내지 못하고 얼어 죽었을 것이다. 산지식이 이렇게 중요하구나 하는 것을 절감한 순간이었다. 이웃 부인네는 그동안 30~40년 이상 농사를 지으면서 경험으로 터득한 것이 많았을 것이며 여기다 부모님, 이웃 어른들로부터 얻어들은 농사지식도 있을 것이다. 봄이지만 4월 초순에는 거의 대부분 서리가 내린다는 사실을 경험으로 알고 있었던 것이다.

제자 번지가 공자에게 질문을 했다.
"선생님, 채소농사를 지으려면 어떻게 해야 합니까?"
이에 공자께서 대답하셨다.
"나는 채소농사를 짓는 늙은 노인만도 못하느니라."

세상 사람들은 공자는 생이지지(生而知之, 태어나면서 세상 이치를 아는 것)이시니 무엇이든지 다 아는 것으로 생각한 것이다. 그래서 농사짓는 법도 잘 알고 있을 것이라 여긴 모양이다. 생이지지(生而知之)란 세상의 이치를 쉽게 안다는 뜻이지 만사를 저절로 안다는 것은 아니다.

나는 요즘 농사짓는 일에 대해서 거의 대부분을 이웃사람들에게 물어본 후에 실행에 옮긴다. 씨앗을 뿌리는 일, 농약 치는 법, 가지치기와 순을 따주는 것, 수확하는 시기 등에 대해서 도움을 받고 있다.
모든 일에는 전문가가 있는 법이다. 각 분야에 있어서 전문지식을 쌓은 사람들이 이 사회를 이끌어가고 있다. 이번 코로나 19사태에 대해서 의료분야 전문가들이 나라를 구했다고 해도 과언이 아니다. 다만 정치권에서 조금 일찍 이분들의 말을 듣고 이들에게 상당한 결정권을 주었더라면 피해가 훨씬 적었을 것이라는 아쉬움도 있다.

경제는 경제전문가에게, 국방은 국방전문가에게, 외교는 외교전문가의 의견에 귀를 기울여야 한다. 물론 최종적인 판단은 정부가 해야 하겠지만 정치적인 고려와 득실을 따지는 것은 무모한 일이다. 정파의 이해득실을 따져서 국사를 결정한다는 것은 국민들에게 죄를 짓는 일이기 때문이다.

이웃나라 수상은 올림픽에 대한 미련 때문에 코로나 바이러스에 대한 처방을 늦게 내놓았다. 이로 인해서 일본에 감염자가 급격히 증가하고 있다고 한다. 그도 일본의료계의 충언을 받아들이고 올림픽에 대한 욕심을 거두어들였다면 보다 일찍 바이러스를 차단할 수 있었을 것이다. 탐욕(貪慾)이 지혜의 눈을 멀게 해버린다는 것을 다시 깨닫는 계기가 되었다.

제
4
장
:

무슨 재미로
산에 사는가

무슨 재미로 산에 사는가

산속에 들어와 산 지 10여 년의 세월이 흘렀다. 그동안 농장을 일구느라 고생도 했었지만 얻은 것도 많았다. 주변에서 이런 질문을 해왔다.

"산골에 사는 것이 외롭지 않느냐?"

"무섭지 않느냐?"

"농사일이 힘들지 않느냐?"

이런 물음들을 한마디로 요약하면 이렇다.

"무슨 재미로 산에 사느냐?"

사실 전원생활은 많이 외롭다. 종일 찾아오는 사람은 거의 없고 석양이 질 무렵에는 쓸쓸함이 가슴 저 밑에서 올라온다. 농장일은 끝이 없으며 특히 여름철에는 잡초와 전쟁을 치러야 한다. 무더운 날씨에 2~3시간 동안 풀을 베고 나면 온몸은 파김치가 된다. 이런 날은 시골에 들어온 것을 후회하기도 한다.

겨울철에는 난방이 큰 과제이다. 30여 평이 넘는 집에 기름보일러를 가동하면 난방비가 너무 많이 들고 화목보일러를 사용하자니 장작을 준비해야 한다. 산촌생활 사정이 이러하니 주변 분들이 염려해 주는 것은 당연하다. 사람들은 전원생활의 낭만을 말하지만 막상 실행에 옮기는 이들은 극소수에 불과하다.

나는 이런 어려움에도 불구하고 용감하게 전원으로 들어왔다. 인생 후반부에는 산세 좋은 곳에 작은 집을 짓고 경서(經書)를 읽고 명상을 하면서 채소와 과일나무 그리고 화초를 가꾸는 삶을 소망했다. 이 꿈을 이루기 위해서 산세 좋은 안식처를 찾아 10여 년을 헤매었다.

긴 탐색 끝에 원하던 터전이 나타났다. 뒤로는 밀양 종남산 자락이 병풍처럼 둘러서 있고 좌우로 청룡 백호가 집터를 포근히 감싸 안고 있었다. 집 앞에는 수령 300년이 넘는 회화나무가 늠름하게 서 있고 꼭대기에는 까치가 매년 집을 짓고 새끼를 친다. 뒷산에는 소나무 참나무 숲이 울창하고 그 속에는 고라니, 멧돼지 등 산짐승들이 살고 있다.

이 터전은 하늘이 주신 것이라 여기고 소박한 집을 지어 적조당(寂照堂)이란 당호(堂號)를 달았다. 100세 시대라 하니 앞으로 30~40년을 이곳에서 농사를 짓고 경서(經書)를 읽으며 지낼 생각이다.

전원생활은 창조하는 삶이다. 봄철에 씨를 뿌리고 1~2달 후면 싱싱한 채소를 먹을 수 있다. 과일나무를 심고 3~5년을 가꾸면 사과, 감, 복숭아, 자두 등을 수확할 수 있다. 이는 무(無)에서 유(有)를 창조하는 것이며 자연에 순응하는 삶이기도 하다.

전원의 삶은 사람이 자연과 몸을 맞대고 사는 것이다. 한겨울 산방의 아침기온은 영하 10도 전후이다. 문밖을 나서면 찬바람이 바로 얼굴을 스치고, 밭에는 말라죽은 가을채소 흔적이 여기저기 남아 있다.

창문으로 햇살이 비치자 방안에 따뜻한 기운이 감돈다. 태양의 따뜻한 기운이 긴 우주를 돌고 돌아 여기까지 왔다고 생각하니 신비롭고 고맙게 느껴진다.

산새들 소리가 지척에서 들려오고 고라니 소리도 가끔씩 들려온다. 오늘 아침에는 까치 소리가 요란하다. 집 앞 회화나무에는 까치가 살고 있다. 그는 우리 가족이 생활하는 모습을 위에서 내려다보고 있다가 늦잠 자는 나를 깨운다.

예부터 벼슬에서 물러난 사람들이 산세 좋은 곳에 은거하는 것을 미덕으로 여겼다. 이조 중엽 퇴계(退溪) 선생께서는 안동으로 물러나 도산서원(陶山書院)을 짓고 제자들을 가르치며 성리학을 탐구하셨다. 이때 배출한 출중한 인재들이 임란 때 나라를 구하는 데 앞장섰다.

중국에서도 벼슬길을 마다하고 전원에서 살다간 분들이 많았다. 도연명(陶淵明: 서기 365-427)이 그 대표적인 선비였다. 그는 혼란스러운 동진(東晉)시대에 13년간 벼슬길에 머물다 사직하고 산중에 은거하였다. 그의 귀거래사(歸去來辭)는 불후의 명작으로 평가받고 있다.

이런 분들의 흔적을 볼 때마다 요즘 국가 지도자들이 옛 현자(賢者)들의 삶을 본받았으면 좋겠다는 생각이 든다. 인간의 탐욕은 끝이 없어서 권력에 집착하다 패가망신하는 모습을 많이 보아왔다. 관직과 재물에 대한 탐욕은 제어하기가 이렇게 어려운 모양이다.

문득 이런 이야기를 하면서 나 스스로를 뒤돌아본다. 나는 유명 정치인도 못되고 재산이 많은 기업가도 아니며 은퇴한 서생(書生)에 불과하다. 만약 내가 정치권에서 각광받는 위치에 있다면 권력의 유혹을 뿌리치고 낙향하겠다고 쉽게 말할 수 있을까? 내가 만약 대기업의 총수라면 부귀를 버리고 시골에서 은거하며 살 수 있을까? 그러니 남들에게 이렇게 살라고 말하는 것은 무책임하기 짝이 없다.

그럼에도 나는 주변 사람들에게 은퇴한 후 자연과 더불어 살 것을 권하련다. 시골에 들어온 후 아침저녁으로 불교와 유교의 경서들을 읽고 명상을 하고 낮에는 농사일을 한다. 이때 얻는 희열은 말로 표현하기 어렵다.

이런 삶을 살도록 용기를 주신 옛 선사(仙師)가 있었다. 그분은 귀부(貴富)를 마다하고 산속에서 신선 같은 삶을 살았다. 학식도 풍부하시고 인격도 높았기에 왕은 벼슬을 하사하겠다는 뜻을 사신(使臣) 편에 보냈다. 선사는 그냥 산속에서 살겠다는 뜻으로 다음과 같은 시 한 수를 왕에게 올렸다.

무슨 재미로 산에 사는고
山中何所有(산중하소유)

산마루에 흰 구름이 많습니다.
嶺上多白雲(영상다백운)

혼자 보고 즐길지언정
只可自怡悅(지가자이열)

그 희열을 어떻다 君께 말씀드릴 수는 없습니다.
不堪持贈君(불감지증군)

이 시는 중국 춘추시대 도홍경이라는 분이 구곡산에 은거하여 무위자연으로 살고 있는데 조정에서 불러도 나오지 않아 제(齊)의 군주 고제(高帝)가 "산중에 무엇이 있기에 그렇게 사느냐?"고 물었을 때 도홍경이 화답한 시이다.

옛 현자들의 삶을 흉내 내고자 함은 아니지만 나는 전원에서 농사를 짓고 경서(經書)를 읽으며 사는 것을 보람으로 여기고 있다. 이런 생활을 통해서 어지러운 세상사에서 벗어날 수 있고 만사를 긍정적으로 바라볼 수 있는 내공도 체득하게 되었다. 무엇보다 인생 만년(晚年)을 자연 속에 은거하면서 적정(寂靜)의 경지에 이를 수 있는 것이 가장 큰 소득이다.

산 중 생활에서 얻는 희열이 아무리 크다 해도 이를 표현할 적절한 말이 떠오르지 않는다. 이때 도홍경 선사의 한시가 생각난다. '혼자 보고 즐길지언정 어떻다 세상 사람들에게 말할 수는 없다.'는 구절로 내 심사(心思)를 대신하고자 한다.

고향 가는 길

　내일모레가 청명 한식인데 하루 앞당겨 부모님 산소에 성묘를 가기로 했다. 마침 월요일이라서 고속도로는 붐비지 않을 것 같아 아침 9시경에 느긋하게 출발했다. 산소 주변을 정리하는데 필요한 톱, 낫 등 장비를 차에 싣고, 마트에 들러서 막걸리와 과일 등을 구입한 후 고속도로를 달렸다.

　고향 가는 마음은 항상 약간 설렌다. 왜 그럴까? 생각해보니 부모님과 조상이 계신 곳이며 어린 시절을 보낸 추억의 장소이기 때문이다. 오늘도 약간 들뜬 마음이 가슴 저 밑에서 올라오고 있었다.

　이런 설렘으로 고향을 찾지만 제행무상의 법칙은 여기에도 어김없이 찾아오고 있었다. 나보다 항렬이 높으신 분들은 이미 다 돌아가셨고 이제 형님뻘 되는 분들까지도 몇 분만 생존해 계신다. 이분들의 삶도 길지 않다는 것을 생각하니 마음이 짠하다. 그럼에도 고향 가는 길은 설렘으로 충만해진다.

청도를 지나면서부터 고속도로 주변의 산하에는 봄기운이 완연하다. 아침 햇살이 따뜻하게 내리고 가까이 멀리 산천에는 생명의 기운이 가득하다.

지금은 복숭아꽃과 개나리꽃이 피는 시기인데 멀리서 보니 개나리가 더 강렬하게 시선을 끈다. 이 꽃에 반해서 내가 거처하고 있는 산방 울타리에도 개나리를 심었더니 매년 봄이면 노란 꽃이 절정을 이룬다. 금년 봄에는 가지치기를 해주었더니 꽃이 더욱 현란하다.

청도 휴게소에 들러서 잠시 휴식을 취하면서 저 멀리 붉게 익은 복숭아 농장을 바라보았다. 청년기의 기억이 아지랑이처럼 떠오른다. 그 기억은 아픈 추억이기도 하지만 지금은 아름다운 영상으로 가슴에 남아 있다.

대학 졸업 후 대학원을 진학하고 바로 휴학 후, 3월에 논산으로 군 입대를 했다. 건강상의 문제로 훈련소 수용연대에서 한 달을 대기하다가 4월에 귀향했다.

고향으로 돌아오니 대학원은 이미 학기가 시작한 지 한 달이 지났으므로 복학이 불가능했다. 주변에서는 대학을 졸업했으면 좋은 곳에 취직하기를 기대하고 있었지만 건강상의 문제와 병역미필자란 멍에 때문에 이도 어려웠다.

있을 곳도 갈 곳도 마땅치 않았다. 망막한 기분을 어찌할 수 없어서 팔공산으로 산행을 떠났다. 4월이라 복숭아꽃이 산천에 만발했다. 특별히 갈 곳도, 할 일도 없었으니 느긋한 마음으로 건너편 산천을 바라보니 저 건너 복숭아꽃이 나에게 들어와 가슴을 아프게 했다. 주변 풍광이 아무리 아름다워도 나에게는 애잔한 감정만 가슴에 쌓일 뿐이었다.

40여 년의 세월이 흐른 지금, 뒤돌아보니 그 어려운 시절을 용케잘 견디어 냈구나 하는 생각이 든다. 그동안 겪었던 어려운 일들이 발효되어 오늘의 나를 만든 것 같다.

고향 선영에 도착하여 산소 주변의 나무와 지난가을에 자란 풀들을 정리하고 나니 산소가 더욱 정갈하게 보인다. 부모님을 비롯한 조상님들 산소에 잔을 올리고, 지금 앞에 살아 앞에 계신 양 그간의 집안일을 아뢰었다.

첫째는 지난 2월 말에 박사를 받고 대학에서 강의하고 있고 둘째는 좋은 규수를 맞아 미국에서 잘 살고 있음을 부모님에게 아뢰었다. 비록 이승과 저승의 길이 멀다 할지라도 손자들의 경사를 한없이 기뻐하시리라.

성묘를 마친 후 산소 옆 잔디밭에 비스듬히 누우니 어머님의 품인 듯 편안하다. 문득 할미꽃 한 포기가 보였다. 어머님께서 이 막내가 그리워서 한 송이 꽃으로 환생하신 것 같아 눈시울이 뜨거워진다.

산소에 올 적마다 부모님 산소 곁에 자리를 깔고 누워 한나절을 보내고 싶었다. 그러나 언제나 바쁘다는 핑계로 그 소망을 이루지 못했는데 다행히 오늘은 그런 시간을 갖게 되었다.

나이가 들어도 돌아가신 지 오래되어도 부모님에 대한 정은 가슴에 그대로 남아 있다. 80대 중반에 돌아가신 누님의 임종을 지켜본 적이 있다. 그분은 혼미한 상태에서 이렇게 부르고 있었다.

"엄마!"

　다시 차를 몰아 멀리 30여km 떨어진 외조부님의 산소를 찾아 잔을 올리니 만감이 교차했다. 외조부모님은 내가 태어나기 훨씬 전에 작고하셨으니 그분들과의 추억이 있을 리 만무하다. 그러나 친가와 외가 혈육의 인연으로 내가 존재하는 것이니 나에게는 매우 소중한 분들이다.

　외조부모님께서는 위로 딸 셋을 두시어 모두 출가시켰지만 막내로 10대 후반의 외아들을 두셨는데 결혼도 시키지 못하시고 두 분이 모두 별세하시었다고 한다. 외조부모님의 장례를 치른 후 어머님께서 외삼촌의 머리를 땋아드리면서 우셨다는 이야기를 들은 적이 있다.

　홀로 남겨진 남동생을 친정에 홀로 두고 떠나는 어머님의 심정이 어떠했을까! 이런 사정을 알고 있기에 외조부모님 영전에 잔을 올리니 어머님이 더욱 그리워진다. 아마도 어머님이 천상에서 이 모습을 보시고 매우 기뻐하실 것이리라.

　돌아오는 길, 다시 청도휴게소에 앉아 한참 동안 주변 풍광을 바라보았다. 오후 햇살이 조용히 내려앉고 전원의 풍경은 길손의 마음을 차분하게 해주었다. 아침나절 고향으로 향하던 마음은 약간 들떠 있었는데 돌아가는 마음은 조용히 가라앉았지만 흡족함으로 충만하다.

어느 묘목상의 모습

4월 하순 오후 해가 서산으로 넘어가려는 시각, 시골 장터 하나로 마트 주차장에서 책을 읽으며 아내가 돌아오기를 기다리고 있다.

길 건너편에 묘목상 부부가 팔다 남은 묘목들을 트럭에 싣고 있는 모습이 내 시선을 끈다. 아마도 이들은 날마다 장터를 찾아다니며 묘목을 팔고 있는 것 같다. 대학을 다니는 자식이 있음직한 50대 중반은 넘어 보인다. 오늘 장사는 어땠는지? 그들의 고단한 삶의 숨결이 여기까지 전해오는 듯하다.

날마다 장터를 헤매는 지금의 생업이 불안정하고 힘들어 보이기도 하지만 저 두 사람이 부부의 인연을 맺어 자식을 낳고 열심히 사는 모습은 나에게 엄숙하게 다가온다. 그런데 마스크 너머로 보이는 저 무표정한 모습은 무슨 의미일까?

"아, 힘들구나. 못해먹겠다."

"인생이란 원래 이렇게 고달픈 거야."

"직장에 매이는 것보다 자유롭고 좋다."

저들은 어느 쪽의 생각을 하고 있을까? 후자였으면 좋겠다. 그들은 날마다 경남지역의 시골장터를 찾아다니며 수많은 사람들을 만나는 것을 낙으로 삼고, 장사가 잘 된 날은 하늘에 감사하고 수입이 적은 날은 '다음에는 잘 될 거야.' 하면서 서로를 위로하며 하루를 마감했으면 좋겠다.

혹시 저들은 행복하게 살고 있는데 괜히 내가 측은지심(惻隱之心)으로 보는 것은 아닌지 모르겠다. 사람들은 대부분 자기 나름대로 잘 살아가고 있다. 그것은 우리나라가 어느 정도 선진국대열에 속하기 때문이다. 누구도 노력만 하면 인간적인 삶을 누릴 수 있는 기회가 주어진다. 이것이 선진국이 될 수 있는 조건이다. 불가피하게 어려움에 봉착하는 경우 국가시스템이 이들을 도와주어야 한다.

지금은 봄철이라서 묘목장사가 한철이지만 다른 계절에는 그에 맞는 업종을 꾸려갈 것이다. 이곳은 시장 중심에서 벗어난 곳이니 이들은 이 시장에서 주류에 속하지 않는 상인인 셈이다. 그래도 오래 하다보면 단골이 생기게 마련이고 이들이 다른 사람에게 소개도 해줄 수도 있다.

때로는 장사가 잘 안 되고 힘들면 신세타령을 할 때도 있을 것이다. 그럼에도 마음의 중심을 잡고 부부간에 서로를 위로하며 하루를 마감하는 날이 더 많았으면 좋겠다.

중요한 것은 열심히 살아서 더 나은 삶을 이루겠다는 꿈을 잃지 않는 것이다. 방직공장 출신의 한 처녀가 동아대학교 야간학부를 다니고 사법고시에 합격한 후 50대에 들어서 국회의원에 당선되어서 화제이다. 그는 힘든 삶 가운데서도 희망을 잃지 않았으며 주어진 운명을 거부하지 않고 항상 감사하며 살아왔다고 한다. 이것이 오늘의 그분을 만들었다고 생각된다.

저 묘목상 부부도 오늘 일과를 끝내고 막걸리 한 잔을 앞에 두고서 더 나은 앞날을 얘기했으면 좋겠다. 만약 자기세대에 이루지 못한다 할지라도 자식세대에는 원하는 삶의 목표가 이루어질 수 있을 것이라는 희망을 가져야 한다.

요즘 100시대의 스승 김형석 교수께서는 "사랑이 있는 고생이 행복이었네."라고 말씀하셨다. 지금 삶이 고생스러울 수도 있지만 저들이 서로 위로하고 격려한다면 먼 훗날 뒤돌아보니 이것이 진정한 행복이었음을 알게 되리라. 저분들이 어느 날 어려웠던 지난 시절을 뒤돌아보고 '고생하면서도 사랑하던 그때가 행복했노라'고 생각하기를 기원한다.

늦은 밤에 야좌(夜坐)를 읽다

깜깜한 밤, 늦가을 비가 하염없이 내리고 있다.
월영정(月迎亭)에 앉아 차를 달여 마시면서
지붕 위에 떨어지는 빗소리를 듣고 있으니
세상사의 희로애락은 나와는 상관없으며
그대로 무심(無心)이고 무위(無爲)인 듯하다.

이 풍광이 너무 좋아 밤이 깊어 가는데도
이 자리를 떠날 줄 모르겠다.
곁에서 놀던 강아지도 잠자리에 들었는지 조용하고
오직 들리는 것은 지붕 위에 떨어지는 빗소리뿐.

나라가 이렇게 어려운데 나만 이렇게 한도인(閑道人)으로 지냄이
한스럽다. 차를 달여 마시다 한시 야좌(夜坐, 이조 말엽 시인 묵소 심현

지가 쓴 것을 성균관대 안대희 교수가 번역)를 읽었다.

야좌(夜坐)

칠순이 내일모레로 다가오니

마음은 초조해지는데

오두막집에 살면서 곤궁함을 견뎌내고 있네.

시든 시래기로 끼니를 때우니

명마(名馬)는 옛 시절이 그립고

빈 숲에 살자 하니

학(鶴)은 가을바람에 울적해지네.

시름이 찾아오면 누룩 짜서 막걸리 만들어 들이키고,

병든 뒤에는 굴원의 이소를 한바탕 읊조린다.

백발이래도 나라 걱정은 놓지 못하니

밤 깊어 사위어가는 등잔불이 붉은 마음을 비추네.

굴원은 중국 전국시대(기원전 2세기경) 중국 초나라의 선비이다. 조국 초나라는 어려운데도 간신배들이 서로 모함하고 다투는 것을 보다 못해 이들을 나무라며 시대를 한탄하는 '이소'라는 장편의 시를 남기고 강물에 몸을 던졌다고 한다.

여름밤, 우거(寓居) 월영정(月迎亭)에 앉아 차를 마시고 있으나 달은 구름에 가려져 있고 장마는 끝이 없는데 코로나는 그칠 기미가 보이지 않는다. 이런 시국에 지도자들은 눈이 멀어 옳고 그름을 분간 못 하고 있으니 나라의 앞날이 걱정이다. 지도지들이 사욕을 버리고 사리를 바르게 판단하기 바란다.

도끼가 잘 든다고 함부로 쓰지 말라

윙~, 드르륵. 전기톱 소리가 허공을 가른다. 이내 매실나무 큰 가지가 잘려나간다. 먼저 작은 가지부터 잘라내고 그다음으로 중간 가지, 맨 마지막에 큰 가지를 잘라낸다. 그래야 작업하기가 편하고 뒷일도 수월하다.

엊그제 몇 년을 미루어 왔던 매실나무 가지치기를 했다. 가지치기를 하고나니 나무가 한결 시원하게 보인다. 이렇게 해서 지난 10년 넘게 자란 매실나무의 굵은 가지가 잘리어나갔다. 그러나 이를 잘라내는 내 마음은 약간 아련했다.

농촌에 살면서 할 일이 여러 가지지만 가지치기는 농사일의 출발이다. 가지치기는 겨울에 나무의 활동이 멈추었을 때 해주어야만 나무에 상처가 없고 봄꽃에도 영향이 적다. 나무인들 영혼이 있으니 자기 손발을 잘라내는데 어찌 고통이 없겠는가? 그래서 나무가 겨울잠을 자는 동안에 가지치기를 해야 그 상처가 적다. 사람도 수술을 받을 때, 마취를 해서 의식이 없을 때 해야 고통이 적듯이.

과일나무는 어느 정도 가지치기를 해주어야 열매가 실하고 병충해도 적다. 그러나 매실나무는 가시가 많아서 가지치기가 매우 어렵다. 특히 굵은 가지는 톱으로 썰어야 하는데 그 일도 만만치 않다. 그래서 며칠 전 전기톱을 장만했다. 새 전기톱으로 일을 하니 순식간에 해치울 수 있었다.

문제는 연장이 너무 좋다보니 자꾸 나뭇가지를 잘라내고 싶은 충동이 생긴다. 이번에 매실나무 가지치기를 하면서 느낀 것인데 전기톱의 성능이 너무 좋으니 예정해둔 가지를 다 잘라내고 나니 더 자를 것이 없나 살피게 되고 멀쩡한 가지도 잘라내고 싶은 유혹이 생겼다. 벌목꾼들도 이미 예정해둔 나무를 잘라낸 후 다시 그 옆에 있는 나무에게도 톱질을 하고 싶은 충동을 억제하기 힘들 것 같다.

그렇다. 권력자에게 힘이 주어지면 이를 과도하게 사용하는 경향이 있었다. 역대 대통령들은 정권 초반에 막대한 권력을 행사하곤 했다. 특히 인사권을 통해서 구정권 하에서 일하던 사람들을 여러 가지 명분으로 솟아내고 자기사람들을 심었다.

나아가서 상대방에 대하여 무자비하게 권력을 사용하여 그들을 괴멸시키려고 했다. 비록 구정권에서 일했거나 충성했던 사람들 가운데는 능력이 있고 도덕적으로 결함이 없는 사람들도 많았을 것이다. 그럼에도 불구하고 이들을 무자비하게 내쳤다. 정권 초기에는 워낙 권력이 막강하다 보니 상대방에서 저항할 힘이 없었다.

그러나 세월이 흐르면서 임기의 중반을 넘어서면 자기들에게도 결점이 드러나고 권력에도 누수현상이 발생하게 된다. 이때 억울하게 자리를 잃거나 쫓겨난 사람들로부터 저항을 받게 된다. 나아가서 이들의 처사가 지나침을 보아온 국민들로부터 내침을 당하게 된다.

도끼가 잘 든다고 함부로 휘두르면 멀쩡한 나무까지 베게 된다. 권력을 쥐었다고 함부로 쓰지 말라. 그러면 그 화(禍)가 결국 자기에게 되돌아옴을 명심해야 한다.

인재는 아끼고 키워야 한다. 비록 상대방의 사람일지라도 인재라고 판단되면 중용하고 과거 정권 밑에서 일했던 사람도 결함이 적고 특출한 능력을 가진 사람이라면 그대로 쓰도록 해야 한다.

능력이 출중한 상대방 인물들을 쳐내고 실력이 모자라는 자기편 사람들을 등용하면 결국 이런 일들이 나라에 큰 손실을 가져오게 하고 민심이 이반되어 결국 자기정권의 수명을 단축하게 된다.

지금부터 2,600년 전 중국 춘추시대에 제나라에 있었던 일이다. 제나라에는 그 당시 군주가 영공(靈公)이란 분이었다. 그는 선대로부터 막강한 국력을 물려받자 교만해져서 권력을 국내외에 마구 휘둘렀다. 폭정이 너무 심해지자 영공의 두 동생(공자) 소백(小伯)과 규(糾)는 신변에 위협을 느껴서 국외로 탈출했다. 그 중 공자(公子) 소백은 포숙이라는 신하가, 공자(公子) 규는 관중과 소흘이 보좌했다.

제의 영공은 결국 내부의 반란으로 죽임을 당하고 나라가 공백 상태에 빠지자 외국에 망명해 있던 공자 소백과 규가 귀국해서 정권을 잡으려고 경쟁을 벌였다. 이 경쟁에서 소백이 승리하여 제나라의 군주에 오르니 그가 곧 환공(桓公)이다.

환공은 자기를 죽이려 한 동생 규(糾)의 신하 관중(管仲)을 재상으로 등용하였다. 관중은 시장주의 경제정책을 펴서 제나라를 중국 최고의 부강한 나라로 만들고 환공으로 하여금 제후국들의 패자로 만들어 중국 전체 백성들의 안정을 도모했다.

영공(靈公)은 부모에게서 물려받은 권력을 함부로 휘두르다 결국 나라를 망치고 자기도 그 도끼에 죽었다. 이에 반하여 환공(桓公)은 권력을 함부로 휘두르지 않고 상대방의 인재를 재상으로 등용하여 나라를 부강하게 하고 천하를 안정시켜 백성들을 구하였다.

그렇다. 도끼가 잘 든다고 함부로 휘두르지 말라. 결국에는 자기 손발을 자르게 되느니라.

언제일지 모르지만

　이 글은 정년퇴직을 몇 년 앞두고 학회 참석차 서울로 가는 KTX 열차 안에서 쓴 것이다.

　차창 밖은 초겨울 비가 산하대지를 촉촉이 적시고 있다. 엊그제 영남 알프스의 한 자락인 가지산 골짜기를 타고 호젓이 산행을 했다. 수북이 쌓인 낙엽 때문에 길을 헤매곤 했지만 나뭇잎이 바스락거리는 소리를 들으며 산행의 정취를 고요히 음미했다.
　이 낙엽도 지난봄에는 희망을 안고 새파랗게 돋아난 새잎이었다. 그러나 춘하추동의 천리(天理)가 굴러가면서 어느새 낙엽이 되어 나무 밑에 수북이 쌓여있다. 발밑에서 바스락거리는 낙엽을 바라보노라니 세상사의 제행무상(諸行無常)이 절절하게 가슴으로 다가온다.

오늘 이렇게 비가 오고 있다. KTX 열차 속에 앉아서 겨울비가 차창을 때리는 바깥세상을 무심(無心)으로 바라보고 있다. 2학기 종강을 한 탓인지 마음은 한없이 홀가분하다. 한결 여유로운 마음으로 창밖의 풍광(風光)을 음미하고 있다. 학회에 논문을 발표하러 가는 것도 아니요, 그냥 세상 돌아가는 것을 살펴보러 가는 길이라서 그러한가 보다.

초겨울의 비가 촉촉이 대지를 적시고, 비에 젖은 산천의 모습이 차창 밖을 빠르게 스쳐 지나간다. 이런 풍광을 고요한 마음으로 바라보고 앉았으니 세상사의 근심을 모두 잊은 것 같다. 무엇에도 걸림이 없고 쫓김도 없이 무심으로 세상을 바라보고 있다.

어찌 이렇게 홀가분하게 여행을 할 수 있을까? 아마도 일 년간의 학사일정을 모두 마치고 떠나는 마음이라서 그러하리라. 지금의 심정은 어디에도 걸림이 없으며 여한도 없다. 그냥 한가롭다. 하나를 완결하고 편안한 마음으로 다음 무대를 준비하는 마음이 이토록 자유롭고 홀가분할 줄이야!

몇 년 후 대학에서 정년퇴직을 하고 떠나는 날도 그 심정이 이랬으면 좋겠다. 30여 년 동안 청춘을 바쳐온 강단과 연구실을 두고 떠나는 것에 여한이나 미련이 왜 없겠는가? 그러나 미련 없이 떠나리라. 정년 이후의 삶을 준비하고 있으니 걱정도 불안도 없다. 오히려 다가올 삶이 기다려진다.

시야를 조금 넓혀본다.

언제일지 모르지만 이 생을 마감하고 후생(後生)을 향해서 떠날 때, 지금 생각처럼 자유롭고 홀가분했으면 좋겠다. 금생(今生)에서 여한 없이 살았으니 아쉬움이나 미련 없이 훨이 훨이 날아서 이 生을 떠나가고 싶다. 내가 가야 할 내생(來生) 세상에 대해서도 미리 준비하여 두었으니, 두려움이나 불안감도 없으리라.

제자 자로가 죽음에 대하여 물으니 공자께서 이렇게 말씀하셨다 [논어 선진편].

자로가 감히 물었다. "죽으면 어떻게 됩니까?"

季路敢問死(계로감문사)하니

공자께서 이렇게 말씀하셨다.
"살아서 일도 다 모르면서 어찌 죽음 이후를 알려 하느냐?"

孔子曰(공자왈) 未知生(미지생)인데 焉知死(언지사)리오.

그렇다. 다음 생이 어떠할 것인가에 대하여 생각하지 않으련다. 내생은 금생의 삶에 의하여 결정될 것이기에 지금까지 열심히 살았으면 그다음은 걱정하지 않아도 될 것이다. 나는 살아오면서 가족과 주변의 친지들 그리고 직장에서 최선을 다했다.
하늘이 부르는 그날, 쉽지는 않겠지만 이 생에서 맺은 인연들에게 고맙다고 인사하고 미련 없이 떠나리라. 내생은 어디로 가는 것이 좋을까! 가능하면 인간 세상보다 도솔천에 왕생하고 싶다. 만약 인간으로 다시 온다고 해도 어쩔 수 없지만 금생에서 못다 한 일을 하면서 살고 싶다.

도(道)를 구하는 삶이면 더욱 좋고
학자의 삶을 다시 살아도 상관없다.
그림을 그리는 예인(藝人)의 길도 좋다.
어느 길이든 구경(究境)으로 가는 것이면 족하다.

궁극의 경지를 향한 삶이라면 천상(天上)이 나을 것 같다. 인간 세상은 내가 살아가기에 적합하지 않음을 종종 느끼곤 한다. 세상 사람들의 생각과 삶의 방식이 나의 가치와는 너무 다르기 때문이다. 이미 천상(天上)에 계신 선친(先親)께서도 그러하신 삶을 살다 가셨다.

언제일지 모르지만 이 생을 마감하는 날, 지금 열차를 타고 가면서 느끼는 것처럼 홀가분한 마음으로 떠나리라. 비록 못다 한 일이 있고 여한이 조금은 남아 있다 할지라도 이에 집착하지 않고 홀연히 떠나리라. 금생에 맺은 인연들에게 잘 있어라 손을 흔들고 웃으며 떠나리라.

젊은 날의 결정

　경주 남산 칠불암, 이곳은 내 마음의 고향이며 인생사에 중요한 의사결정이 있을 때면 찾아가는 곳이다. 누구나 일생을 살아오는 동안 중요한 의사결정을 해야 할 경우가 여러 번 있었을 것이다.

　인생 후반부에 내가 살아온 길을 뒤돌아보니 인생의 행로는 여러 갈래가 있었는데 그 가운데 하나만을 선택해야 했다. 미래는 불확실했지만 그 당시에는 최선의 길을 선택했다고 생각했다.

　그러나 시간이 지나고 지금 뒤돌아보니 아쉬움이 남은 경우도 없지 않았다. 만약 이 길이 아닌 다른 길을 걸었더라면 하는 생각이 문득 들기도 했다. 나에게는 2번의 중요한 갈림길이 있었다. 어느 길이든 미래는 불확실했고 결정은 쉽지 않았다.

　첫 번째 의사결정, 1970년대 중반, 대학원 졸업할 무렵 한국경제는 막 도약하려고 하던 때였다. 대학원에서 같이 공부한 친구

몇 사람은 대학교수로 갔고 나는 기업체를 택했다. 만약 나도 적극적으로 나섰다면 대학의 교수로 갈 수 있었을 것이다.

그러나 그 당시 내가 교수의 길을 가지 않는 것은 두 가지 이유 때문이었다. 교수는 사회적으로 최고의 지성인이어야 하는데 나는 아직 그런 인격 수준에 도달하지 못했다고 생각했다.

다른 하나는 경영학은 실천 학문인데 그때까지 나의 학문적 지식은 이론적이고 피상적인 것일 뿐 경영실체를 체험하고 검증한 것은 아니었다. 이런 지식으로 교수가 되어 학생들에게 강의한다는 것이 나로서는 못마땅했다. 이런 이유로 기업체를 선택했다. 그 회사는 그 당시 우리나라 민간 기업으로는 최고의 기업체 중의 하나였다.

기업체에서의 삶은 청춘을 바치는 것이었다. 아직은 젊었으며 여러 가지 경험도 하고 싶었고 성취감 혹은 도전에 대한 열망도 있었던 시절이었다. 직무와 관련된 일을 하면서 묵은 일들을 개혁하고 새로운 모델을 만드는데 희열을 느꼈으며 이로 인하여 직장의 높은 분들로부터 인정도 받았다. 지금 생각해도 정열적으로 일을 했다는 생각이 든다.

그러나 2년 정도 지났을 때 일에 대한 권태가 생기기 시작했다. 전공분야에 대한 실무경험을 어느 정도 체득했었지만 앞날에 대한 길이 보이지 않았다. 내 전공분야에는 이미 대부분 기존 선임자들이 자리 잡고 있었으며 내가 꿈꾸는 이상을 알아줄 윗사람도 보이지 않았다. 그래서 다른 길을 모색하기 시작했다.

마침 경남지방에 있는 역사 깊은 대학과 연이 닿아서 그곳에 지원서를 내고 총장님과 면담해서 좋은 평을 받았다. 그런데 갑자기 회사본사에서 연락이 왔다. 본사 기획과장으로 발령 났다는 것이다. 전혀 예상치 못한 일이었다.

기획과장은 회사의 최고위층을 가까이 보좌하는 자리이며 기업의 미래를 기획하는 곳이다. 젊은이라면 누구나 꿈꾸어보는 직책이었다. 아울러 장래에 대한 큰 꿈을 키울 수 있는 기회이기도 했다. 그동안 직무와 관련된 일을 하면서 내가 이룬 성과들이 회사 고위층으로부터 좋은 평가를 받았던 모양이다.

나는 대학교수와 기업의 기획과장 두 가지 갈림길에서 깊은 고민을 했다. 사회적으로 볼 때 대학교수가 훨씬 좋은 직업이었다. 그러나 교수라는 대접을 받으면서 안주한다면 학자로서 발전할 가능성이 희박해 보였다. 그때 나는 30대 초반이었다.

기획과장의 자리는 직무로써 도전해 보고 싶은 자리였다. 기업의 경영에 깊이 관여하고 회사의 미래를 계획하는 일은 젊은이에게 신바람 나는 일이었다. 그렇지만 대학교수의 기회는 쉽게 오는 것은 아니었다. 다른 사람이었다면 두말 않고 교수직을 택했을 것이다. 그러나 나의 심중에는 기업체에서 내 이상을 펼치고 싶은 야망도 꿈틀거리고 있었다.

두 갈래 길에서 많은 고민을 했다. 이때 경주 남산 칠불암(七佛庵)을 찾았다. 신라 때 조성된 일곱 부처님이 노천에서 동쪽 토함산을 바라보며 서 계신 유서 깊은 절이다. 칠불암은 내 마음의 고향과도 같은 곳이다. 처음 이 암자를 안내해주신 분은 한국불교학의 태산이신 不然(불연) 이기영 박사님이시다. 나는 그분에게서 아들과 같은 과분한 사랑을 받았다.

나는 인생 진로를 결정할 중요한 사안을 안고 칠불암 부처님에게 상담하러 갔다. 시절은 여름이었다. 경주 남산을 오르는데 땀이 비 오듯 했지만 일생의 문제를 결정하기 위해 부처님을 찾아가는 길이라서 힘든 줄 몰랐다. 도중에 소낙비가 내려서 옷이 온통 젖었지만 아랑곳하지 않았다.

칠불암 부처님 앞에 엎드려 절을 하면서 어느 길을 가야 할지 깊이 생각했다. 그런데 마음이 자꾸만 기업체 쪽으로 기울어지고 있었다. 이런 생각이 드는 가장 큰 동기는 대학교수보다는 기획과장 자리가 훨씬 더 역동적이고 미래지향적이라는 생각이 들었기 때문이다. 이렇게 해서 나는 대학교수의 자리를 마다하고 기업체를 택하기로 했다. 물론 대학에 찾아가서 교무처장님을 만나 지원을 철회하고 회사에 남겠다는 양해를 얻었다.

두 번째 결정, 그 후 3년간 기업의 기획과장, 경리과장을 역임하면서 경영 및 회계실무를 두루 경험했다. 특히 기업의 핵심부서에서 회사의 미래를 계획하고 중요한 사업프로젝트를 기획하는 것은 신바람 나는 일이었다. 이 당시 회사 일에 대한 보람과 자부심이 대단했다는 기억이 난다.

그때 2차 원유파동이 덮쳐서 회사는 흡사 전쟁터와 같았다. 그래도 그 당시에는 신바람으로 일했던 기억이 난다. 건강과 가정사를 도외시하고 회사 일에 매진할 수 있는 그 무엇이 있었다. 그것은 일에 대한 성취와 보람이었다. 그런데 뜻하지 않는 일이 발생했다.

이때 최고경영자이신 사장께서 갑작스럽게 별세하셔서 많은 변화가 일어났다. 새로운 경영진이 들어오면서 인사에 회오리바람이 불기 시작했다. 이때 평생 동안 회사와 고락을 같이 한 임원들이 힘없이 물러나는 모습을 지켜보아야만 했다. 이것을 보면서 과연 회사가 내 평생을 투자할 만한 가치가 있는가에 대해서 강한 회의가 들었다.

이제 대학교수로 옮겨야겠다고 결심했다. 대학원 때 지도교수님을 찾아뵙고 앞날을 상담했다. 교수님께서도 학자의 길을 흔쾌히 허락하시며 몇 가지 당부를 해주셨다.

마침 신설공장 경리과장으로 전보되었기에 회계실무를 체험할 수 있는 좋은 기회라 생각하고 기꺼이 그곳으로 갔다. 이렇게 해서 회계실무를 총괄하는 값진 체험을 했다. 5년간 기업체에서의 삶은 청춘을 바치는 것이었다. 가정보다는 회사가 우선이었고 내 자신보다 회사가 더 소중했었다.

이제는 회사를 그만두고 대학교수로 가야겠다고 마음먹었다. 과감하게 사표를 냈다. 물론 회사에서 그냥 있어 달라는 요청이 여러 길을 통해서 들어왔지만 과감하게 떠나기로 했다. 요즘 사람들에게는 꿈과 같은 이야기일 수 있지만 그 당시 나에게는 어느 길이든 갈 수 있는 여건이 주어져 있었다.

마침 동아대학교와 연이 닿아서 큰 고민 없이 대학으로 자리를 옮겼다. 이렇게 해서 교수로서 강의와 연구를 하면서 32년간을 보냈다. 이때 회사에서 보낸 5년간의 실무경험이 학생들을 가르치는 데 큰 역할을 했다. 막연히 이론적으로 아는 것을 학생들에게 가르치는 것이 아니라 실무를 바탕으로 새로운 이론과 모형을 창제하여 학생들에게 강의했다.

만약 기업체의 실무경험 없이 교수가 되었더라면 과연 학생들에게 자신 있게 강의할 수 있었을까 하는 강한 회의가 들었다.

뒤돌아보니 하늘은 기업경영 실무를 체험한 후 대학에서 학생들에게 살아있는 학문을 강의하라는 소명을 주신 것 같다. 생생한 기업경영 실무를 경험하게 해준 회사에 대해서도 고마움을 잊지 않고 있다.

지난날을 뒤돌아보니 두 번의 결정이 과연 잘한 것인가에 대하여 100% 확신이 들지 않을 때도 있다. 첫 번째 결정, 만약 본사 기획과장으로 가지 않고 바로 대학에 갔더라면 어떠했을까 하는 생각을 해보았다. 만약 그렇게 했더라면 학생들에게 실천적인 학문을 가르칠 수 있는 소중한 자산을 얻지 못했을 것이다.

두 번째 결정, 회사를 그만두고 대학으로 옮긴 것을 생각해보았다. 여기에 대해서는 의심의 여지없이 잘한 결정을 했다고 생각한다. 만약 계속 거기에 머물렀다면 아마도 건강이 상해서 온전한 삶을 살기 힘들었을지도 모른다.

가장 잘한 결정은 희열을 느끼는 삶을 선택했다는 것이다. 가끔 예전에 근무하던 회사에 들르면 옛날 윗분들로부터 이런 질문을 받곤 했다.

"대학교수로 옮긴 것이 잘한 결정이냐?"

나는 이런 대답을 했다.

"대학에서 강의 준비가 잘 된 날은 강의가 하고 싶어서 새벽에 잠이 일찍 깨었습니다. 그러나 회사에 있었을 때, 일을 하고 싶어서 새벽에 잠을 깬 적이 없었습니다."

그렇다. 나에게 새로운 논문을 쓰고 이를 학생들에게 가르치는 교수직은 천직이었다. 대학교수 32년 동안 강의를 하거나 연구를 하는데 재능이 부족해서 힘든 경우는 있었지만 지겹거나 무료함을 느낀 적은 거의 없었다.

나에게 학문이란 '안다는 차원을 넘어서 학문 자체를 좋아했으며, 좋아한다는 차원을 넘어서서 희열을 느끼는 것'이었다. 문득 공자께서 말씀하신 논어 한 구절이 떠오른다.

공자께서 말씀하셨다.

"아는 것은 좋아함만 못하고,
좋아함은 즐거움을 느끼는 것만 못하다."

子曰(자왈) 知之者(지지자)는 不如好之者(불여호지자)요
好之者(호지자)는 不如樂之者(불여락지자)니라..

뒤돌아보니 하늘은 내 길을 미리 결정해두고 나를 그쪽으로 가도록 유인하신 것 같다. 만약 내가 그 길을 선택하지 않았다면 힘든 삶을 살았을지도 모른다. 그때는 몰랐지만 지금 뒤돌아보니 아마도 최선의 선택을 한 것 같다.

천지의 돌아감에 맡겨두노라

　겨울 산방은 조금 삭막하다. 모든 것이 얼어붙고 낙엽은 삭풍에 휘날리고 전깃줄 우는 소리가 밤의 적막함을 더한다. 밤 온도가 영하 5~7도이니 경상남도 위도에서는 매우 추운 편이다. 아침 7시경에 일어나서 창밖을 내다보니 하얀 서리가 마당에 가득히 내려앉아 있다. 서리가 내린다는 것은 공기가 매우 맑다는 증거이다.

　아침에는 기온이 매우 낮아서 밖에 나설 엄두가 나지 않았다. 훈훈한 서재에 앉아서 논어를 읽으며 1시간여를 보냈다. 아무도 오지 않는 산방에 앉아 성인의 말씀을 듣고 있으니 희열이 심중에 은은히 피워 오른다. 마치 여름날 아침 산골 저수지에서 물안개가 가득히 피어오르는 것 같다.

　햇살이 따스해지자 뒷산으로 나선다. 밀짚모자를 쓰고 두터운 외투를 입고 집을 나서니 강아지 두 마리가 어쩔 줄을 몰라 하며 앞장선다. 우리 개들은 덩치가 작아서 산짐승들에게 상대가 되지 않는다. 그러나 주인이 곁에 있으면 힘이 나서 온 산을 헤집고 꿩, 고라니들을 쫓아다닌다. 그네들도 조용한 아침을 보내고 있는데 우리 개 때문에 방해를 받게 되었으니 괜히 내가 미안하다. 한번은 논두렁길을 걷고 있는데 농로에 터를 잡아 살고 있는 재두루미 한 마리가 하늘을 날아오르면서 불편한 심기를 토해 내는 것을 본적이 있다.

언제쯤일까? 그들이 나를 경계하지 않고 편안히 쉴 수 있을 날이. 나는 무심인데 그들은 여전히 나를 경계하고 있다. 아마도 내심중 깊은 곳에는 아직도 소멸되다 남은 탐진치(貪瞋痴)의 찌꺼기가 남아 있어서 그런가 보다.

무심(無心)으로 산길을 걷는다. 이 순간만은 모든 것을 내려놓을 수 있고 세상사에서 어떤 희로애락(喜怒哀樂)을 만나더라도 흔들리지 않을 것 같다. 금강경 '응무소주(應無所住) 이생기심(而生其心)'의 경지가 이런 것이구나 하는 생각이 든다.

각자(覺者)는 어떤 경계를 만나더라도 분별심을 일으키지 않고 세상사를 살아간다. 그러나 소인(小人)은 그 형상이나 모습을 보고 좋아하고 싫어하는 마음을 낸다. 즉 모습, 소리, 향기, 맛, 촉감(色聲香味觸法)에 의해서 분별심을 일으킨다. 이런 마음으로는 무엇을 하더라도 업(業)을 짓게 된다.

산방에서는 먹을 만큼의 채소만 가꾸고 자연과 더불어 살고 있으니 가끔 무심(無心)의 경지를 넘나들 수 있다. 지금 나에게 제일 큰 수행은 공자와 석가부처님의 말씀을 듣는 것이다. 그것은 논어와 대학 중용, 그리고 금강경, 육조단경 등을 통해서이다. 성인께서는 2500년의 시공을 뛰어넘어 몸소 나에게 가르침을 주시는 경우가 종종 있다. 이때 얻는 깨달음의 희열은 이 세상 어떤 것으로도 비교할 수 없다.

금강경 1품에 이런 내용이 나온다. 부처님께서 식사 때가 되어서 옷을 입으시고 바루(밥그릇)를 들고 사위성에 나가서 밥을 얻어 와서 잡수시었다. 그리고 나서 손발을 씻고 자리에 앉아 입정(入定)에 드셨다.

이 모습을 바라본 제자 수보리가 부처님에게 절을 한 후 이렇게 사뢴다. "부처님이시여, 부처님께서는 저희들 제자들에게 너무도 큰 가르침을 주십니다."

현대 서양철학자들은 이 구절에 대하여 전혀 이해할 수 없다고 한다. 인류 최고의 경전 중의 하나인 금강경 첫머리에 왜 부처님의 평범한 일상을 장황하게 묘사하고 있을까?

현대불교에서는 이 구절을 이렇게 설명하는 경향이 있다. "불법(佛法)이란 먼 곳에 있는 것이 아니라 일상생활 가운데 있는 것이다." 상당히 일리 있는 설명이다.

나는 이 구절을 다른 각도에서 보고 있다. 수보리는 부처님의 일상을 보고 왜 이런 말을 했을까? 수보리는 보았다. 부처님께서 사위성에 나가서 밥을 빌어 잡수시고 손발을 씻고 자리에 앉으시는 행주좌와(行住坐臥) 모든 일상에서 어느 한순간도 열반적정(涅槃寂靜)의 경지를 떠나지 않으셨다. 언제 어디서 무엇을 하든 항상 무심(無心)에 머무시었다. 수보리는 완전한 부처의 모습을 본 것이다.

공자의 모습도 그러했다. 공자께서도 위급한 순간을 만나거나 갑자기 도랑 구석에 처박히는 순간에도 인(仁)의 경지를 떠나지 않으셨다고 한다. 여기서 인(仁)이란 불교에서 불성(佛性)을 의미한다.

예수께서도 십자가에 매달려서 죽는 그 고통의 순간에도 세상을 원망하거나 미워하지 않으시고 자기에게 박해를 가한 사람들을 용서해달라고 하늘에 간청하셨다.

그렇다. 도(道)란 어디서 무엇을 하더라도 항상 적정(寂靜)의 경지를 유지하는 것이다. 불가(佛家)에서는 이를 열반적정(涅槃寂靜)이라 한다. 어찌 이런 경지가 쉬운가?

그러나 평소에 성인의 가르침을 자주 접하고 이렇게 고요한 시간을 가지면 열반(涅槃)은 못되지만 적정(寂靜)의 경지에는 가까이 이를 수 있을 것 같다. 겨울 산길을 조용히 걷고 있으니 마음이 한없이 평화롭다. 이 순간만은 적정의 경지에서 만사를 접하고 무심으로 바라볼 수 있다.

오후에는 낮잠을 취했다. 잠시 동안의 낮잠이지만 심신이 개운하다. 온몸에 기운이 활발해지니 그동안 미루어 왔던 일들을 해야겠다는 의욕이 솟구쳤다. 먼저 밭 주변에 무성한 마른 풀들을 베어 한편에 쌓아두니 밭이 훤해졌다. 그다음으로 작년에 가지치기를 해서 쌓아둔 매실나무, 살구나무 가지들을 보일러실로 옮기었다. 오늘 저녁은 이것으로 군불을 때야겠다. 일을 끝내고 허리를 펴니 어둠이 사방에서 밀려온다.

마른 매실 나뭇가지로 난방을 하니 온 집안이 훈훈해지고 덩달아 마음도 푸근해진다. 만약 기름이라면 이렇게 여유 있는 난방을 할 수 없을 것이다.

특히 1970년대에 두 번에 걸친 석유파동을 겪은 세대라서 기름을 함부로 쓰는 것을 금기처럼 여긴다. 그 당시에는 이런 말이 금과옥조처럼 여겨졌다. "기름 한 방울 나지 않는 나라에서 우리가 석유와 전기를 함부로 써서는 안 된다."

도시에서는 이를 실천할 수 없었지만 산중에 들어오니 과일나무들을 전지하고 이를 난방으로 사용하니 기름을 많이 절약할 수 있다. 1시간가량 마른 나뭇가지로 불을 땐 후 허리를 펴니 사방이 어두워졌고 하늘에는 별들이 나타나기 시작한다. 산중에 살면서 얻는 특전 중의 하나는 밤하늘에 가득한 별들을 보는 것이다. 별을 쳐다보고 있으니 내 마음도 투명해진다.

산방의 밤이 깊어 가는데 사방은 고요하고 적적하다. 집주변에 전등불을 훤히 밝힌다. 이렇게 해서 산천의 유상(有相) 무상(無相)의 만물과 동식물에게 내가 여기에 와서 머물고 있음을 알린다.

집안으로 들어오니 실내가 온통 훈훈하다. 가벼운 차림으로 책상 앞에 앉아 전자메일을 점검하고 뉴스를 대강 읽어본다. 세상의 소음이 싫어서 산중으로 왔지만 아직도 세속과의 연결고리를 끊지 못하고 있다. 세상살이에 대한 궁금증을 어느 정도 해소한 후 경전을 펼친다. 만약 산골에서 경서를 통해서 성인의 말씀을 가까이하지 않는다면 무슨 재미로 살겠는가! 만약 농사일만 하고 TV 등으로만 소일한다면 이는 그냥 목숨을 부지하는 것에 불과하리라.

문득 한산시(寒山詩) 한 구절이 떠오른다. 한산(寒山)은 중국 당나라 말기 승려이며 자기가 머물던 산 이름을 따서 한산(寒山)이라

이름하였다. 그는 절에 살지 않고 바위굴에 머물면서 깨달음의 경지를 주변의 바위와 나무에 새겨두었다.

감히 한산자를 흉내 내려 함은 아니지만 오늘밤은 그분의 심경을 알 것 같다. 혼자 즐기기 아까워서 한산시 한 구절을 여기에 올린다.

내 한산에 산 지
일찍 몇 년을 지내었던고.
세월에 맡겨 임천(林泉)에 숨고
한가한 대로 자재(自在)를 관(觀)하네.

쓸쓸한 한암(閑庵)에 사람의 자취 없고
흰 구름만 항시 느릿거리네.

부드런 풀로 깔게 삼나니
푸른 하늘은 덮게 되어라.
시원스레 돌베개 베고 누워
천지의 돌아감에 맡겨두노라.

산방의 겨울밤은 깊어 가는데 마음은 더욱 한가로워진다. 이럴 때 어찌 술 한 잔을 마다하겠는가? 매실주 두어 잔을 음미하니 마음이 느긋해지고 세상사는 나와는 상관없이 저만치 멀리 있는 듯하다.

갑자기 개 짖는 소리가 요란하다. 아마도 뒷산 짐승들이 집 근처로 내려온 모양이다. 긴 지팡이를 짚고 개와 함께 농장을 한 바퀴 둘러본다.

집안으로 들어오다 말고 마당을 걷는다. 하늘에는 별들이 더욱 선명하고 서쪽 하늘가에는 쪽달이 걸려있다. 오늘따라 한산자의 시 구절이 오랫동안 가슴에 머물고 있다. '천지에 돌아감에 맡겨두노라.'

풍월에는 따로 주인이 없더라

똑똑 똑똑, 비닐하우스 지붕 위로 빗방울이 떨어지는 소리이다. 봄비가 산방을 촉촉이 적시고 있다. 집안에서 소일하기가 무료해져서 비닐하우스로 가서 탁자에 앉아 차를 마시고 지붕에 떨어지는 빗소리를 들으며 책을 읽거나 명상에 들기도 한다.

오늘 누가 내게 세상에서 가장 운치 있는 소리를 들라 하면 '비닐하우스 지붕 위로 떨어지는 빗소리'를 꼽고 싶다. 개들도 이 소리를 자장가 삼아 포근히 낮잠을 자고 있다.

논어를 읽고 있지만 진도가 잘나가지 않는다. 아마도 빗소리에 취해서 그냥 조용히 있고 싶은 모양이다. 에라, 그만두어라. 오늘은 마음이 하고 싶은 대로 맡겨두자. 논어의 가르침보다 자연의 소리가 더 가슴에 와 닿는다.

새들은 나뭇가지 사이를 날아다니고 있다. 2월 말부터 핀 매화꽃은 아직 그대로이고 연이어 산수유가 만개하고 있다. 밤새 내린 비로 앞뜰에 수선화가 노랑꽃을 피웠다. 그동안 땅속에서 숨어 있다가 시절인연(時節因緣)이 다시 돌아오니 이렇게 수줍게 웃으며 그 모습을 드러낸 것이다.

지난 해 살 곳을 찾아 헤매던 벌 가족이 우거(寓居) 시리골 산방이 명당임을 알아차리고 스스로 찾아들어 왔다. 햇볕이 화창한 날에는 중매를 서려고 매실 꽃에서 난리를 치더니 오늘은 비가 오니 집 안에서 조용하다. 내일 다시 햇볕이 나면 곁에 있는 매화, 산수유 꽃으로 줄지어 날아가고 이들이 중매를 잘해야 금년 매실, 살구 복숭아가 건실할 것이다.

찾아올 사람 없으니 인적은 적적하고 멀리서 자동차 지나가는 소리가 어슴푸레 들려온다. 인적이라곤 집배원, 택배기사가 전부이지만 이들도 대문께 물건을 두고 가버린다. 대문과 현관과의 거리가 50여m이니 이들조차 대면하기 힘들다.

시리골에 우거(寓居) 적조당(寂照堂)을 짓고 반농 반도시 생활을 한 지가 10여 년이 넘었는데 이번 코로나 사태로 인하여 부산을 떠나 시리골 산방에서 완전히 머물고 있다.

부산에 머무는 날은 아파트에서 감금된 것처럼 생활해야 했다. 날마다 하던 몰운대 둘레길 산책도 뜸하게 되었으며 책을 읽던 단골 카페도 발길을 멈추게 되었다. 자주 담소를 나누던 지인들과의 만남도 중지되었다. 심지어 승강기에서 마주치는 이웃과도 마스크 사이로 어색한 눈인사만 나눈다. 도대체 이게 사람 사는 세상이란 말인가? 이렇게 해서 보따리를 싸들고 산속 우거(寓居) 시리골 산방으로 완전히 들어왔다.

산방에서는 생활이 훨씬 자유롭다. 낮에는 채소 심을 밭이랑을 만들고 가끔은 개를 데리고 뒷산에 오른다. 넓은 농장 여기저기에 달래가 지천이다. 몇 년 전 뿌리 몇을 밭 여기저기에 뿌려두었더니 그 고마움을 이렇게 보답하고 있다. 엉겅퀴가 건강에 좋다기에 지난해 귀엽다고 했더니 포자가 온 밭에 퍼져서 난리이다. 우선 길 주변에 난 달래와 엉겅퀴를 채취하니 밥상에 봄 향기가 가득하다.

문득 머리를 들고 세상을 바라본다. 대구를 중심으로 하는 코로나 사태로 나라가 난리이다. 의료진들이 자기를 돌보지 않고 뛰어들었고, 이런 와중에도 생업에 종사하는 사람들은 목숨을 내놓고 일을 하고 있다. 이런 분들 덕분에 코로나가 진정되고 경제가 돌아가고 이 난리도 곧 진정될 것이다.

문득 나만 이렇게 산골 별유천지에서 한가하게 지내고 있다고 생각하니 미안하고 부끄러워진다. 그러나 어떠하랴. 이런 시국에 나라를 위해서 딱히 내가 할 일이 생각나지 않는다. 그냥 내 몸 하나라도 나라에 지척대지 않게 사는 것도 애국하는 한 방법일 것 같다. 그래서 산중에서 숨은 듯 살고 있다.

나는 평소 주변의 지인들에게 산속에 살만한 작은 터전을 마련하라고 권하곤 했다. 이는 복잡한 도시 생활에서 벗어나 살 수 있고 지금처럼 시국이 어수선할 때 피난처(?)가 될 수 있기 때문이다.

옛날 중국에서는 수많은 전쟁이 있었다. 모두들 그만한 명분이 있었겠지만 대부분 지도자의 권력욕 때문에 생긴 것이다. 이에 죽어난 것은 백성들이었다. 또 끊임없는 정쟁(政爭)이 일어나고 정적으로 내몰린 사람들도 희생되었다.

어떤 이들은 이런 세상을 피해 산중으로 들어가서 세상과 문을 닫고 은둔하고 살았다. 예부터 이런 곳을 피난 곳이라 했다. 세상의 명리(名利)를 멀리하고 초월적으로 사는 사람을 일러서 신선(神仙)이라 했다.

고려시대 탁광무라는 분이 속계(俗界)를 떠나서 산속에서 살았다. 시냇가에 경렴정(景濂亭)이라는 정자를 짓고 개울물 흐르는 풍광을 즐기었다. 그가 남긴 시 '경렴정에서'가 오늘따라 가슴 깊게 다가온다.

사람들 앞에서
억지로 웃음 짓기가 싫어서
온종일 물가 정자에서
푸른 산만 바라보노라.

우리 집에서 즐기는 멋이야
세속과 다르거니
이곳의 맑고 그윽함은
이 세상 것이 아니어라.

풍월은 따로 주인이 없어서
가는 곳마다 넉넉하고
하늘과 땅도 도량이 커서
나를 한가하게 내버려 둔다오.

뒤얽힌 일 모두 잊고서
내 멋대로 거닐다가
넓은 하늘에 지쳐서 돌아오는 새를
누워서 바라보노라.

산중에 머물면서 이 시를 읽으니 산골로 들어온 것이 잘한 일이라는 위안을 받는다. 주변 풍광이 주는 운치를 혼자 즐기기 아까워 벗에게 보내고 싶어서 휴대폰으로 몇 자 끄적거려 보지만 이 맛을 온전히 전할 수 없다.

일 없이 하루 종일 자연만 바라보고 지낼 수는 없다. 휴식은 일을 한 후에 얻는 보상이다. 오늘은 무엇을 할까? 아침에는 테라스에서 기공수련과 명상(참선)을 한다. 두 팔을 조용히 오르내리며 호흡을 하니 하늘의 기운이 백회(百會)로 들어와 온몸으로 흐른다.

고요하고 고요하여 적정(寂靜)의 경지에 이른다. 입 안에 가득히 고인 침을 삼키니 온몸으로 퍼지면서 이내 몸이 편안하고 가벼워져서 곧 날아오를 수 있을 것 같다. 불가(佛家)에서는 이런 경지를 경안(輕安)이라 한다.

낮에는 태양 볕을 짊어지고 농사일을 한다. 봄 햇살이라지만 한낮이라서 온몸에서 땀이 흥건히 배어나온다. 그러나 심신은 개운해진다. 농사일을 하다 보니 육신과 영혼은 상관관계가 있어서 서로 영향을 주고 있음을 확연히 알 수 있다.

일을 하다 잠시 허리를 펴서 뒷산을 바라보니 산속 깊은 곳에서 안개가 조용히 피어오른다. 그 풍광이 그대로 선계(仙界)이다. 이렇게 자연 속에서 농사를 짓고 경서를 읽으면서 살고 있으니 풍월과 한 몸이 된 듯하다.

하늘이 무슨 말을 하시더냐

　창밖은 빗소리로 요란하다. 산방에 장맛비가 밤새도록 내리고 있다. 다른 지역에서 물난리가 났다는 보도를 접하고 밖으로 나와 전등으로 집주변을 둘러보았다. 도시의 아파트에 살면 전혀 겪지 않아도 될 자연재해의 불안감 때문에 새벽잠이 달아나 버렸다.

　세상이 어수선하니 자연도 편치 않은가 보다. 순리를 거스르는 세상사 때문에 사람들의 마음이 불편하고 이것이 하늘에 닿은 것 같다.

　다시 방으로 들어와 논어를 펴고 공자의 가르침에 귀를 기울인다. 스승과 제자 사이는 시공(時空)을 초월하는 교감이 있다. 2500년이라는 시간을 초월해서 성인(聖人)께서 직접 나에게 오셔서 가르침을 주시는 것 같다. 엊그제는 잘 이해되지 않던 구절이 오늘따라 생생하게 다가온다. 오늘은 이 말씀에 깊이 빠져본다.

공자께서 말씀하셨다.

"아침에 도(道)를 들으면 저녁에 죽어도 좋다."

子曰(자왈) 朝聞道(조문도)면 夕死也(석사야)니라.

공자께서는 왜 "도를 깨닫는다 하지 않고 듣는다."고 했을까? 이것은 하늘과 합일(天人合一)의 경지에 이르시어 하늘의 소리를 들을 수 있었던 것이다. 공자께서는 50세 이르니 천명(天命)을 알 수 있었다고 했다.

이 구절을 읽노라니 괜한 욕심이 일어난다. 언제쯤 나도 하늘의 소리를 들을 수 있을까? 그 당시 공자의 제자들도 하늘로부터 천리를 듣고 싶어 했던 모양이다. 이에 공자께서는 이렇게 말씀하셨다[논어 양화편].

하늘이 무슨 말씀을 하시더냐?

춘하추동(春夏秋冬)이 굴러가고

이에 따라 만물이 생육하는데

하늘이 무슨 말씀을 하시더냐!

天何言哉(천하언재)

四時行焉(사시행언)

百物生焉(백물생언)

天何言哉(천하언재)

그렇다. 하늘의 말씀은 그대로 자연 속에 드러나 있다. 춘하추동 계절 따라 봄에는 생명에서 새싹이 돋아나고 여름에는 무성하게 자라고 가을에는 열매를 맺고 낙엽이 지더니 겨울에는 땅속 깊이 들어가 긴 잠을 잔다. 이것이 하늘의 말씀인 것을! 자연의 순리를 쫓아 사는 것이 천리를 실현하는 길이다.

요즘 온 세상을 꼼짝 못하게 하는 코로나19를 보면서 인간이 천리를 어긴 죗값을 받는다는 생각이 든다. 온갖 생명을 필요 이상으로 도살해서 식도락으로 삼으니 그 과보를 받는 것이다. 닭 공장, 소 공장, 돼지 공장에서 기계로 찍어내듯 이들을 사육하고 무자비하게 도살해서 인간의 배를 채운다. 여기에는 생명이라는 존엄성이 전혀 없다.

중국 시장에서 조류를 거리낌 없이 도살하는 모습은 이번 바이러스의 시작을 보여주었다. 국내에서도 돼지독감, 조류독감, 소 역병 등은 모두 사육공장에서 비롯된 것이다.

역병이 돌 때마다 수많은 가축들을 도살처분해서 땅속에 묻었다. 이들이 죽어가면서 생긴 한(恨)이 코로나로 돌변해서 인간을 공격하는 것은 아닌지! 이번 사태를 보면서 우리 인간은 만생명체와 더불어 살아야 한다는 것을 재삼 깨닫게 된다.

장맛비가 며칠간 계속되니 농장의 채소들도 다 녹아버렸다. 햇볕이 없으니 꽃이 피지 못하고 비가 오니 벌이 오지 못한다. 자연히 오이, 토마토, 상추 등이 모두 제구실을 못하고 있다. 아마도

시중에 채솟값이 오를 것 같다.

여름철에는 뒷산에 오르지 못한다. 숲이 너무 우거지니 길이 막히고 산짐승들의 출몰이 걱정스럽다. 요즘은 밤중에 개들을 데리고 들길을 걷는다. 가끔 백로가 논 가운데서 쉬다가 불편한 소리를 내며 날아오른다.

논길을 호젓이 걸으며 예불(禮佛)을 올리고 이 산하에서 숨져간 산짐승을 비롯한 뭇 생명체의 영혼을 천도(薦度)해준다. 이 세상에 어느 것 하나 생명이 소중하지 않은 것이 어디 있으랴! 인간만이 소중하다는 현대문명은 무언가 잘못된 것이 분명하다. 이번 코로나 사태로 인간이 한낱 미물에게 꼼짝 못하는 것은 하늘이 우리에게 엄중한 훈시를 해주시는 것이리라.

> 만물은 일체동근(一切同根)이라,
> 같은 뿌리에서 생긴 존재이다.
> 천하 만물과 더불어 살아라.
> 천하 만물을 사랑하라.

이것이 하늘이 요즘 우리에게 주시는 말씀인 듯하다.

날이 훤히 밝아오는데도 빗소리는 조금도 누그러지지 않고 있다. 개들도 꼼짝 않고 누워있다. 어제가 입추(立秋)여서 그러한지 새벽공기가 서늘하다.

내일모레쯤 비가 개면 9월 초에 심을 가을채소 이랑을 마련해야겠다. 하늘은 우리에게 말씀하셨다. "시절인연에 맞추어서 씨앗을 뿌리고 거두어라." 그렇다. 제때에 시절에 맞는 씨앗을 뿌려야 제대로 거둘 수 있다.

매년 체험하는 것이지만 처음 심을 때 그렇게 연약한 모종이 뿌리를 내리고 싱싱하게 자라더니 많은 열매를 가져다준다. 이게 무슨 조화인가? 이는 하늘이 우리에게 준 선물이며 천리(天理)이다.

그러나 이 선물은 그냥 주어지는 것이 아니다. 인간이 그만한 대가를 지불해야 한다. 밭을 일구고 씨앗을 뿌리고 가꾸어 주어야 한다. 이렇게 밭일을 하고 나면 온몸이 땀으로 흥건해지고 몸이 가뿐해진다.

일을 하다 잠시 멈추고 고개를 들어 주변 산과 숲을 둘러보니 그대로 선계(仙界)이다. 오늘따라 하늘이 무슨 말씀을 하시는지 들려오는 듯하다.

은퇴 후 전원에 산다
- 무슨 재미로 산에 사는가 -

초판 1쇄	2020년 11월 12일

지은이	최덕규
발행인	김재홍
디자인	김다윤, 이근택
교정 · 교열	김진섭
마케팅	이연실

발행처	도서출판 지식공감
브랜드	문학공감
등록번호	제2019-000164호
주소	서울특별시 영등포구 경인로82길 3-4 센터플러스 1117호 (문래동1가)
전화	02-3141-2700
팩스	02-322-3089
홈페이지	www.bookdaum.com
이메일	bookon@daum.net

가격	13,000원
ISBN	979-11-5622-538-6 03810

CIP제어번호	CIP2020044179
	이 도서의 국립중앙도서관 출판예정도서목록(CIP)은 서지정보유통지원시스템 홈페이지(http://seoji.nl.go.kr)와 국가자료공동목록시스템(http://www.nl.go.kr/kolisnet)에서 이용하실 수 있습니다.

문학공감은 도서출판 지식공감의 인문교양 단행본 브랜드입니다.